文春文庫

秋山久蔵御用控

花見酒

藤井邦夫

JN211734

文藝春秋

目次

「秋山久蔵御用控」江戸略地図

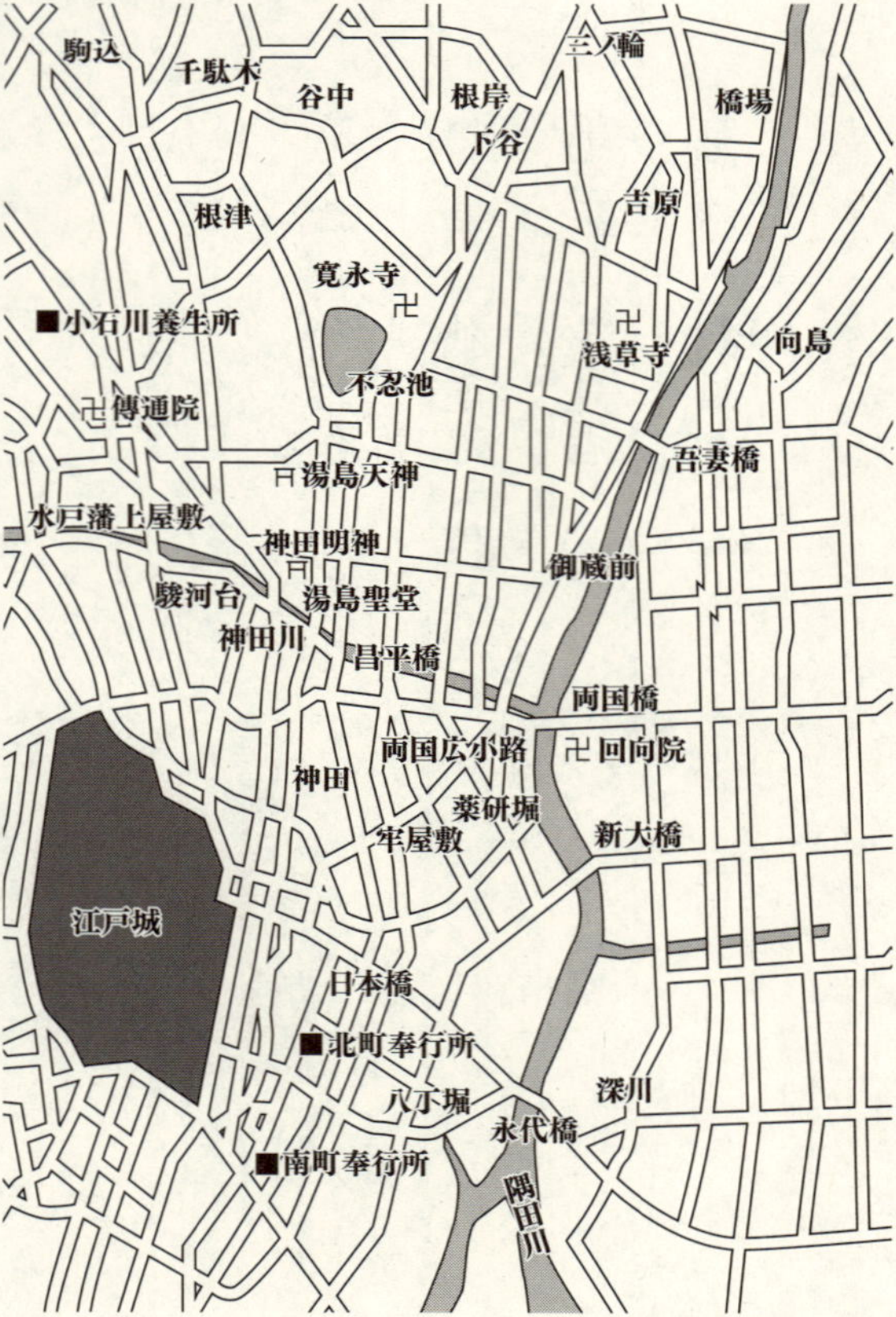

実際の縮尺とは異なります

日本橋を南に渡り、日本橋通りを進むと京橋に出る。京橋は八丁堀に架かっており、尚も南に新両替町、銀座町と進み、四丁目の角を右手に曲がると外堀の数寄屋河岸に出る。そこに架かっているのが数寄屋橋御門であり、渡ると南町奉行所があった。南町奉行所には〝剃刀久蔵〟と呼ばれ、悪人を震え上がらせる一人の与力がいた……。

秋山久蔵御用控・登場人物

秋山久蔵（あきやまきゅうぞう）

南町奉行所吟味方与力。〝剃刀久蔵〟と称され、悪人たちに恐れられている。何者にも媚びへつらわず、自分のやり方で正義を貫く。「町奉行所の役人は、お奉行の為に働いてるんじゃねえ、江戸八百八町で真面目に暮らしてる庶民の為に働いているんだ。違うかい」（久蔵の言葉）。心形刀流の使い手。普段は温和な人物だが、悪党に対しては、情け無用の冷酷さを秘めている。

弥平次（やへいじ）

柳橋の弥平次。秋山久蔵から手札を貰う岡っ引。柳橋の船宿『笹舟』の主人で、〝柳橋の親分〟と呼ばれる。若い頃は、江戸の裏社会に通じた遊び人。

神崎和馬（かんざきかずま）
南町奉行所定町廻り同心。秋山久蔵の部下。二十歳過ぎの若者。

蛭子市兵衛（えびすいちべえ）
南町奉行所臨時廻り同心。久蔵からその探索能力を高く評価されている人物。

香織（かおり）
久蔵の後添え。亡き妻・雪乃の腹違いの妹。惨殺された父の仇を、久蔵の力添えで討った過去がある。長男の大助を出産した。

与平、お福（よへい、おふく）
親の代からの秋山家の奉公人。

幸吉（こうきち）
弥平次の下っ引。

寅吉、雲海坊、由松、勇次、伝八、長八（とらきち、うんかいぼう、よしまつ、ゆうじ、でんぱち、ちょうはち）
鋳掛屋の寅吉、托鉢坊主の雲海坊、しゃぼん玉売りの由松、船頭の勇次。弥平次の手先として働くものたち。伝八は江戸でも五本の指に入る、『笹舟』の老練な船頭の親方。長八は手先から外れ、蕎麦屋を営んでいる。

おまき
弥平次の女房。『笹舟』の女将。

お糸（おいと）
弥平次、おまき夫婦の養女。

太市（たいち）
秋山家の若い奉公人。

秋山久蔵御用控

花見酒

この作品は「文春文庫」のために書き下ろされたものです。

第一話

年始客

一

正月——睦月《むつき》。

元日の初詣、二日の初夢と初売り、三日の芸事始め、七日の七草粥、十五日の小正月や十六日の藪入《やぶい》りなど、正月には様々な行事があった。

正月五日、八丁堀岡崎町《おかざきちょう》には三河万歳、猿廻し、角兵衛獅子《かくべえじし》などの門付《かどづ》け芸人などが賑やかに行き交っていた。

秋山《あきやま》屋敷は表門に門松を飾り、長閑《のどか》な正月を過ごしていた。

秋山家下男の太市《たいち》は、風に吹かれて飛んで来た散り遅れた枯葉の掃除をしていた。

深編笠の旅の武士が、落ち着いた足取りで太市に近付いて来た。

秋山家の客か……。

太市は、掃除の手を止めた。

「つかぬ事を伺うが、此処《ここ》は秋山久蔵《きゅうぞう》さまの御屋敷だな」

旅の武士は、深編笠を上げて顔を見せた。

三十歳前の若い武士だった。

「はい。左様にございますが……」

太市は、旅の武士の素性を読もうとした。

「私は信濃《しなの》松坂から来た望月左馬之介《もちづきさまのすけ》。十五年程前、秋山さまに心形刀流《しんぎょうとうりゅう》の手解《てほど》きを受けた者だが、秋山さまは御在宅かな」

望月左馬之介と名乗った旅の武士は、深編笠を取って若々しい顔に穏やかな笑みを浮かべた。

「望月左馬之介さまにございますか。生憎《あいにく》ですが、主は出掛けておりまして……」

太市は、望月左馬之介に好感を抱き、申し訳なさそうに告げた。

久蔵は、柳橋《やなぎばし》の船宿『笹舟《ささぶね》』に香織《かおり》と大助《だいすけ》を伴って遊びに行っていた。

「そうか。お留守か……」

望月は、大きく肩を落して落胆した。

「あの、お待ちになりますか……」

太市は、望月に同情した。

「うむ。お待ちしてでもお逢いしたいが、そうもしていられぬのでな」

望月は、残念そうに眉をひそめた。

「そうですか……」

「ならば、秋山さまには望月左馬之介が宜《よろ》しく申し上げていたと、お伝え下され」

「はい。確《しか》と承りました」

太市は、申し訳なさそうに頷《うなず》いた。

「頼む。ではな……」

望月は、秋山屋敷を未練げに眺めて踵《きびす》を返した。

「申し訳ありませんでした。お気を付けて……」

太市は、思わず詫びた。

望月は振り返り、太市に微笑みを残して立ち去って行った。

太市は見送った。

「どうしたい、太市……」

与平《よへい》が、屋敷から出て来た。

「はい。今、望月左馬之介さまと仰《おつしや》る旅の御武家さまが、旦那さまを訪ねておいでになりまして……」

太市は、立ち去って行く望月の後ろ姿を眺めた。

「望月左馬之介……」

与平は、白髪眉をひそめた。

「はい。十五年程前、旦那さまに心形刀流の手解きを受けたそうです」

「えっ。じゃあ、握り飯の左馬之介さんかな」

与平は、望月の去った方を見た。だが、既に望月の姿は見えなくなっていた。

「握り飯の左馬之介……」

太市は、思わず聞き返した。

「ああ。剣術の稽古の帰り、いつも旦那さまに付いて来てな。お福《ふく》に大きな握り飯を作って貰っては、ぺろりと平らげていた子供だ」

「じゃあ、十五年程前だと仰っていましたから十一、二歳の頃ですか……」

太市は、望月左馬之介を二十六、七歳だと読んだ。

「そんなもんだったかな。そうか、握り飯の左馬之介さんが来たのか……」

与平は、懐かしそうに望月の立ち去った方を眺めた。

「はい……」

太市は頷いた。

燭台の火は、灯されたばかりで小刻みに瞬いていた。

「左馬之介だと……」

久蔵は驚いた。

「はい。望月左馬之介さまにございます」

太市は告げた。

「そうか、左馬之介が来たのか……」

「はい。旦那さまに宜しくとの事にございました」

「うむ。して左馬之介、何用あって江戸に参ったか云っていたか……」

「いえ。そこ迄は……」

太市は眉をひそめた。

「そうか。太市、左馬之介は信濃国松坂藩江戸屋敷詰めの家臣の子供でな。俺が心形刀流の伊庭《いば》道場の師範代をしていた時に入門して来た弟子だ」

「はい。旦那さまに心形刀流の手解きをして貰ったと仰っていました」

「うむ。で、左馬之介は十五年前に父親が国許の信濃松坂藩に帰る事になり、一緒に江戸から去ったのだ」

「じゃあ、左馬之介さまは信濃松坂から今日、江戸に着いたのですね」

太市は、旅姿の左馬之介を思い浮かべた。

「うむ。おそらくな……」

久蔵は眉をひそめた。

「何か……」

太市は戸惑った。

「太市、信濃松坂から正月の五日に江戸に着いたとなると、発ったのは元日か二日の三が日の内。このような時に旅をするのは、尋常とは思えぬ。余程の事があったのかもしれぬな」

久蔵は、不吉な予感を覚えた。

「はい……」

太市は頷いた。

「よし。太市、明日、松坂藩江戸上屋敷に行き、左馬之介に俺が逢いたがっていると伝え、いつが良いか、都合を訊いて来てくれ」

久蔵は、厳しい面持ちで命じた。

「心得ました」

太市は頷いた。

「左馬之介か……」

久蔵は、左馬之介が子供ながらも剽悍《ひょうかん》な動きを見せていたのを思い出した。

剣の天分に富んでいた……。

久蔵は、望月左馬之介がどのような剣の遣い手になったのか知りたかった。

燭台の火は既に落ち着き、座敷を静かに照らしていた。


信濃国松坂藩江戸上屋敷は、愛宕下《あたごした》大名小路から薬師小路を入った処にあった。

太市は、松坂藩江戸上屋敷を眺めた。

望月左馬之介は此処にいるのか……。

松坂藩江戸上屋敷は表門を閉めており、出入りをする者も滅多におらず静かだった。

静かなのは、藩主の稲葉《いなば》政直《まさなお》が参勤交代で国許の松坂藩に帰っているからなのかもしれない。

太市は、松坂藩江戸上屋敷の表門脇の潜《くぐ》り戸を叩いた。

「何方《どなた》さまにございますか」

潜り戸の覗《のぞ》き窓が開き、番士が顔を見せた。

「手前は旗本秋山久蔵に奉公している者にございます。御家来の望月左馬之介さまに主の用をお伝えに御伺いしたのですが……」

太市は、腰を低くして尋ねた。

「望月左馬之介どの……」

「左様にございます」

太市は頷いた。

潜り戸が開き、番士が太市を屋敷内に招いた。

「入るが良い」

「畏《おそ》れいります」

太市は、潜り戸から松坂藩江戸上屋敷内に入った。

潜り戸の内側には、番士と中間《ちゅうげん》たちがいた。

「こっちに……」

番士は、太市を腰掛けに誘《いざな》った。

「今、他の番士が組頭に望月左馬之介どのがおいでになるかどうか訊きに行った。此処で少々待つが良い」

「はい。御造作をお掛け致します」

太市は、松坂藩江戸上屋敷内を見廻した。

玄関先の前庭に人の姿はなかった。

僅《わず》かな刻《とき》が過ぎた。

組頭に訊きに行っていた番士が戻って来た。

「どうだった……」

太市と一緒にいた番士が、戻って来た番士に訊いた。

「うむ。それが望月左馬之介どのは確かに我が藩家中の者だが、今は国許の松坂においでになるそうだ」

戻って来た番士は告げた。

「えっ……」

太市は戸惑った。

「それ故、江戸屋敷にはおられないとの事だ」

「何か御用があって、江戸にお見えになられたとかは……」

太市は尋ねた。

「さあ、そのような事は仰ってはいなかったな……」

番士は、戸惑った面持ちで首を捻《ひね》った。

「そうですか……」

望月左馬之介は、愛宕下薬師小路にある松坂藩江戸上屋敷にはいなかった。

太市は困惑した。

「信濃松坂藩ですか……」

南町奉行所定町廻《じょうまちまわ》り同心神崎和馬《かんざきかずま》は、戸惑った面持ちで久蔵に聞き返した。

「うむ。江戸上屋敷は愛宕下の薬師小路だが、何か噂は聞いていないか……」

「さあ、別にこれと云って何も……」

和馬は首を捻った。

「そうか……」

「秋山さま、松坂藩が何か……」

「いや。未だ何かあった訳じゃあないが、ちょいと気になってな」

「そうですか。ならば、幸吉《こうきち》たちにも云って松坂藩の噂を気にしてみますか……」

「うむ。そうしてくれ……」

「心得ました」

和馬は頷いた。

久蔵は、望月左馬之介が正月三が日の内に信濃松坂を旅立って来た事に不吉なものを感じ続けていた。

和馬が久蔵の用部屋から立ち去って半刻が過ぎた時、太市が庭先にやって来た。

「旦那さま……」

「おう。まあ、あがれ」

久蔵は、太市を用部屋に招いた。

「はい……」

太市は、用部屋に入って敷居際に控えた。

「御苦労だったな。して、左馬之介はいつ都合が良いのだ」

「それが、望月左馬之介さま、松坂藩の江戸上屋敷にはいらっしゃいませんでした」

太市は、硬い面持ちで告げた。

「いなかった……」

久蔵は戸惑った。

「はい。望月左馬之介さまは松坂の国許においでになり、今は江戸にいないと

「松坂藩の者がそう云ったのか……」

「はい。藩の御用で江戸に来ている事もない筈だと……」

太市は告げた。

「何だと……」

久蔵は、厳しさを過《よ》ぎらせた。

「旦那さま、此はどう云う事でしょうか……」

「太市、もしそいつが本当なら、考えられる事は三つある」

久蔵は眉をひそめた。

「三つ……」

「うむ。一つは、屋敷に訪れた望月左馬之介が名を騙《かた》った偽者……」

「偽者……」

太市は驚いた。

「だが、もし昨日、俺が屋敷にいたら偽者だと直ぐに露見した筈だ」

「はい……」

「だとしたら、そんな危ない橋は渡りはしないだろうし、左馬之介自身とみて良い」

「はい。二つ目は……」

「江戸上屋敷の者たちに報せず、何処《どこ》かに潜んでいる。三つ目は……」

「はい……」

太市は、喉を鳴らして久蔵の言葉を待った。

「昨日、屋敷から立ち去った後、左馬之介の身に何かが起こった……」

久蔵は読んだ。

「左馬之介さまの身に何かが起こった……」

太市は緊張した。

「うむ。太市、左馬之介は己の意志で身を潜めたか、その身に何かが起こったかだ……」

久蔵は睨《にら》んだ。

「旦那さま……」

太市は眉をひそめた。

「うむ。太市、もし、左馬之介の身に何か起こったならば、再び屋敷を訪れるやも知れぬ。屋敷に戻ってくれ」

「承知しました。では……」

太市は頷き、久蔵の用部屋から立ち去った。

左馬之介……。

久蔵の不吉な予感は募《つの》った。


両国広小路には見世物小屋や露店が連なり、見物客や行き交う大勢の人たちで賑わい、正月らしい華やかさに溢れていた。

和馬は、下っ引の幸吉と両国広小路の片隅にある茶店で一息入れていた。

「信濃国松坂藩ですか……」

「うん。何か噂は聞かないか……」

「さあ、別に聞きませんが、松坂藩がどうかしたんですか……」

「詳しくは未だ聞いちゃあいないんだが、秋山さまが気にしていてな」

和馬は眉をひそめた。

「秋山さまが……」

「うん」

「でしたら、何かあるんでしょうね」

「そう云えば、松坂藩は浜町河岸《はまちょうがし》に江戸中屋敷がありますね」

幸吉は思い出した。

「そうか、浜町河岸に中屋敷があるのか……」

「ええ。ちょいと足を伸ばしてみますか……」

和馬と幸吉の見廻りは、両国広小路から神田川を渡って浅草に行くのが毎日の道筋だった。浜町河岸は反対側に行く事になる。

「よし。廻ってみるか……」

「ええ……」

和馬と幸吉は、両国広小路から米沢町に入り、浜町堀に向かった。

秋山屋敷は表門を閉じていた。

太市は、表門脇の潜り戸の覗き窓を開けて表を見張っていた。

望月左馬之介は再び来るか……。

もし、来た時は与平に引き留めさせる。それが無理だったら居場所を訊き出す。

それも出来ない時は、秘かに後を尾行《つけ》て居場所を突き止める。

「きっとな……」

太市は、香織は勿論、与平やお福と相談してそう決めていた。

秋山家の前を行き交う人々に、望月左馬之介はいなかった。

太市は見張り続けた。

「どうだ……」

与平が、握り飯と湯気の漂う温かい蕎麦《そば》を持って来た。

「来ませんね」

「そうか。ま、腹拵《はらごしら》えしな。見張りは俺が代わるよ」

「そうですか。すみません。戴きます」

太市は、与平に見張りを代わって貰い、蕎麦と握り飯を食べ始めた。

温かい蕎麦は、太市の冷えた身体を暖めてくれた。

僅かな刻が過ぎた。

「太市……」

与平は、覗き窓から眼を離さずに囁《ささや》いた。

「来ましたか……」

太市は、蕎麦の丼を置いて与平に並び、覗き窓の外を見た。

屋敷の前には粋な形《なり》をした年増がおり、表門の隙間から中を窺《うかが》っていた。

「誰ですかね……」

「初めて見る顔だな……」

太市と与平は囁き合った。

「望月左馬之介さまに拘《かか》わりあるんですかね」

「さあな……」

与平は、白髪眉をひそめて首を捻った。

「声を掛けてみますか……」

「よし。俺が声を掛ける。もし、慌てて逃げたら追ってみるか……」

「ええ……」

太市は頷いた。

「じゃあ……」

与平は、箒《ほうき》を手にして潜り戸を出た。

粋な形をした年増は、潜り戸から出て来た与平に気付いて狼狽《うろた》えた。

「あれ、何か御用ですか……」

与平は笑い掛けた。

「いえ。その、御無礼致しました」

粋な形の年増は、慌てた足取りで門前から立ち去った。

太市が、菅笠《すげがさ》を被って潜り戸から出て来た。

「じゃあ、行って来ます」

「うん、呉々も気を付けてな」

「はい……」

太市は、粋な形の年増を追った。


八丁堀には、正月飾りをした荷船が行き交っていた。

粋な形をした年増は、本八丁堀の通りを楓川《もみじがわ》に架かる弾正橋に向かった。

太市は、菅笠を目深に被って尾行した。

粋な形の年増は、弾正橋から京橋川に架かっている白魚橋を渡った。そして三十間堀沿いに水谷町を進んだ。

何処に行く……。

太市は、充分に距離を取って慎重に追った。

紀伊国橋、新シ橋……。

粋な形の年増は、三十間堀に架かっている橋の袂《たもと》を通り抜け、木挽橋《こびきばし》を東に渡った。
太市は追った。
粋な形の年増は、木挽橋を渡って木挽町五丁目にある小体《こてい》な店に入った。
太市は見届けた。
店は未だ開けていない小料理屋であり、軒行燈《のきあんどん》には『堀川《ほりかわ》』と書かれていた。
粋な形の年増は、小料理屋『堀川』の女将《おかみ》なのか……。
そして、望月左馬之介と何らかの拘わりがあるのか……。
太市は、木挽橋の袂から小料理屋『堀川』を見詰めた。
三十間堀の流れは煌《きら》めいていた。

二

浜町堀には猪牙舟《ちょきぶね》の櫓《ろ》の軋《きし》みが響き、蒼い空には凧《たこ》が舞っていた。
和馬と幸吉は、組合橋の袂から浜町堀越しに松坂藩江戸中屋敷を眺めた。
松坂藩江戸中屋敷は表門を開け、中間が門前の掃除をしていた。

「変わった様子はありませんね」

幸吉は睨んだ。

「うん。長閑なもんだ」

和馬は頷いた。

大名屋敷も中屋敷や下屋敷は、別荘的な役割なので正月の年始客も少ない。

中年の武士が、松坂藩江戸中屋敷から出て来た。

「いっていらっしゃいませ」

「お気を付けて……」

中間は、頭を下げて出掛ける中年の武士を見送った。

中年の武士は、鷹揚《おうよう》に頷いて浜町河岸を北に向かった。

「誰かな……」

「あの様子から見ると、中屋敷詰めだろうがな……」

和馬は、堀端を行く中年の武士の後ろ姿を眺めた。

深編笠を被った侍が、隣りの大名屋敷の横手の路地から現われ、中年の武士に続いた。

「和馬の旦那……」

幸吉は眉をひそめた。

「うん。深編笠、後を尾行るようだな」

和馬は睨んだ。

「ええ。どうします」

「追って様子をみるか……」

和馬は、深編笠の侍に不穏なものを感じた。

「はい。じゃあ先に行っていて下さい。あっしは中屋敷から出て来た侍が何者か調べてから行きます」

「心得た」

和馬は、浜町堀越しに中年の武士と深編笠を被った侍を追った。

幸吉は、組合橋を渡って松坂藩中屋敷の門前の掃除をしている中間に駆け寄った。

「つかぬ事を御伺いしますが、今出て行った御武家さま、蛭子市兵衛《えびすいちべえ》さまにございますね」

幸吉は、南町奉行所臨時廻り同心蛭子市兵衛の名を出して、去って行く中年の武士を示した。

「いいえ。あの御方は蛭子市兵衛さまではございませんよ」

中間は戸惑った。

「違う。じゃあ……」

「あの御方は、松坂藩江戸中屋敷御留守居頭の石原惣兵衛《いしはらそうべえ》さまにございますよ」

中間は眉をひそめた。

「留守居頭の石原惣兵衛さま……」

幸吉は、中年の武士が何者か知った。

「ええ……」

「そうか、人違いか。こいつは御造作をお掛け致しました」

幸吉は詫び、松坂藩江戸中屋敷留守居頭の石原惣兵衛を尾行る深編笠の侍を追った。

木挽町の老木戸番は、小料理屋『堀川』を知っていた。

太市は、老木戸番の平八《へいはち》に自分の身分を明かして尋ねた。

「そうだねえ。堀川は店を始めて、もう十四、五年になるかな」

「十四、五年……」

「ああ……」

「堀川には粋な形の年増がいますが……」

「あの人は女将のおしまさんだよ」

「女将のおしまさんですか……」

「ああ。堀川はおしまさんの父親の宗吉《そうきち》さんが旦那で板前でね。おしまさんは娘で女将って訳だ」

小料理屋『堀川』は、主で板前の父親宗吉と娘のおしまが営んでいるのだ。

「おしまさん、十四、五年前から女将さんをしていたんですか……」

太市は戸惑った。
十四、五年前のおしまは、十歳過ぎの子供の筈だ。
「違う、違う」

平八は苦笑した。

「違う……」

「ああ。店を始めた当時は、宗吉さんとおかみさんの二人でやっていたんだが、おかみさんが急な病で亡くなってね。娘のおしまさんが二代目の女将になったんだよ」

「そうですか。それで宗吉さんとおしまさん、どんな人たちなんですか……」

「そりゃあもう、二人とも真面目な働き者だ」

「真面目な働き者……」

「ああ……」

平八は頷いた。

陽は西に大きく傾き、空を舞っていた凧は下り始めていた。

松坂藩江戸中屋敷留守居頭の石原惣兵衛は、浜町堀から神田川沿いの柳原通《やなぎわらどお》りに出て神田八ッ小路に向かった。

深編笠の侍は尾行た。

和馬は、追い付いて来た幸吉と共に二人を尾行た。

「深編笠、何者なんですかね」

「松坂藩に拘わりがあるのか、石原惣兵衛に拘わりがあるのか……」

和馬は眉をひそめた。

神田八ッ小路に出た石原は、神田川に架かっている筋違《すじかい》御門を渡った。

深編笠の侍は続き、和馬と幸吉は追った。

石原は、下谷御成街道を下谷広小路に向かった。


夕暮れ時が近付いた。

不忍池《しのばずのいけ》の畔《ほとり》は、散策を楽しむ人たちも途絶えた。

石原は、不忍池の畔を進んだ。

深編笠の侍は尾行た。

「石原、何処かの料理屋に行くんですかね」

「きっとな……」

和馬と幸吉は追った。


「石原惣兵衛……」

石原惣兵衛は、背後からの呼び掛けに振り返った。

刹那《せつな》、深編笠を被った侍が一気に迫り、抜き打ちの一刀を放った。

閃光《せんこう》が走った。

石原は、胸を鋭く斬り上げられて仰《の》け反《ぞ》り倒れた。

「幸吉……」

和馬は驚き、倒れた石原と深編笠を被った武士の許に猛然と走った。

幸吉は、呼子笛を吹き鳴らしながら続いた。

呼子笛の甲高い音が鳴り響いた。

深編笠の侍は、駆け付けて来る和馬と幸吉に気付き、血を流して倒れている石原を残して走り去った。

和馬は、倒れて苦しく踠《もが》いている石原に駆け寄った。

幸吉は、深編笠の侍を追った。

「おい。しっかりしろ……」

和馬は、血止めが出来るかどうか石原の胸を見た。

石原の胸の傷は深手であり、和馬が血止めの出来るような生易しいものではなかった。

駄目だ……。

和馬は、既に石原の顔に死相が浮かんでいるのに気が付いた。

「石原、おぬしを斬ったのは誰だ」

和馬は訊いた。

「も、もち……」

石原は、嗄《しゃが》れ声を苦しく震わせて絶命した。

「石原……」

和馬は、石原が死んだのを見届け、手を合わせた。

「和馬の旦那……」

深編笠の侍を追った幸吉が、戻って来た。

「どうだ」

「逃げられました」

幸吉は、悔しげに告げた。

「そうか。こっちは見ての通りだ」

和馬は、石原の死体を示した。

幸吉は、死体に手を合わせた。

「で、逃げた深編笠が何処の誰か、云い残しましたか……」

幸吉は、和馬に尋ねた。

「云い残したのは、もち、だけだ」

「もち……」

幸吉は眉をひそめた。

「ああ……」

和馬は頷いた。

陽は沈み、不忍池は夕闇に覆われ始めた。


燭台の火は座敷を照らした。

久蔵は、夕食を終えてから太市を座敷に呼んだ。

「今日は御苦労だったな。ま、暖まるが良い」

久蔵は、太市を火鉢の前に招いた。

「ありがとうございます」

太市は膝を進めた。

「して、どうだった」

「はい……」

太市は、望月左馬之介は現われず、粋な形の年増が訪れた経緯《いきさつ》を告げた。

「粋な形の年増……」

久蔵は、戸惑いを浮かべた。

「はい。それで見張りを与平さんにお願いして後を追いました……」

太市は、粋な形の年増を尾行して分った事を報せた。

「木挽町五丁目の小料理屋、堀川の女将のおしまか……」

「はい。堀川の主はおしまさんの父親で板前の宗吉さんと云う方です」

「宗吉……」

「はい……」

「して太市、その宗吉とおしま、望月左馬之介と拘わりがありそうなのか……」

「それが良く分らないのですが、宗吉さんは堀川を始める前、御武家さまの御屋敷に奉公していたとか……」

太市は告げた。

「武家に奉公していた……」

久蔵は眉をひそめた。

「はい。木挽町の木戸番の平八さんがそう云っていまして。ひょっとしたら望月さまの御屋敷に奉公していたかと……」

「望月左馬之介の父親は、松坂藩江戸詰の家臣で上屋敷内の屋敷で暮らしていた筈だ」

久蔵は、十五年前を思い浮かべた。

「じゃあ、そこに……」

「もし、そうだとしたら左馬之介が堀川を江戸での宿にしてもおかしくはないか……」

久蔵は睨んだ。

「はい……」

「よし。太市、暫《しばら》く堀川を見張ってくれ」

久蔵は命じた。

「心得ました」

太市は頷いた。

「旦那さま……」

香織が障子の外に来た。

太市は、素早く障子を開けた。

香織が控えていた。

「どうした」

「はい。和馬さんがお見えです」

香織は告げた。

「太市、通してくれ」

「はい」

太市は、身軽に式台に向かった。

「香織、酒を頼む」

「承知しました」

香織は頷き、台所に戻った。

「さあて、何があったのか……」

久蔵は、事が動いた予感がした。

「夜分、申し訳ありません」

神崎和馬は、詫びながら入って来た。

「いや。して、どうした」

「夕暮れ時、松坂藩江戸中屋敷の留守居頭が斬られました」

「松坂藩の江戸留守居頭が斬られた……」

久蔵は戸惑った。

「はい。石原惣兵衛と申しまして、不忍池の畔で深編笠を被った侍に……」

和馬は、深編笠の侍が浜町河岸の松坂藩江戸中屋敷から石原惣兵衛を尾行て、不忍池の畔で斬殺《ざんさつ》した事を告げた。

「石原は抜き合わせたのか……」

「いえ。刀を抜く暇もなく、振り向き態《ざま》に深編笠の侍の抜き打ちの一太刀で……」

「抜き打ちの一太刀……」

久蔵は、厳しさを過ぎらせた。

「はい。止める間もありませんでした」

「うむ。抜き打ちの一太刀で斬り殺したとは、かなりの遣い手だな」

久蔵は読んだ。

「はい……」

和馬は頷いた。

「お待たせ致しました。どうぞ……」

香織が、太市と共に酒と膳を運んで来た。

「こりゃあ、御造作をお掛けします」

和馬は相好を崩した。

「いいえ。では……」

香織は微笑み、座敷を出た。

「太市、お前は残れ」

久蔵は、香織に続いて出て行こうとする太市を止めた。

「はい……」

太市は、敷居際に控えた。

「ま、やってくれ」

久蔵は、和馬に酒を勧めた。

「戴きます」

和馬は、手酌で酒を飲んだ。

「して、石原惣兵衛を斬った深編笠の侍はどうした」

「幸吉が追ったのですが、何分にも夕暮れ時で……」

「逃げられたか……」

「はい。それで斬られた石原に問い質《ただ》したのですが、もちと、だけ云い残して絶命しました」

「もち……」

久蔵は眉をひそめた。

「はい」

「もちだけか……」

久蔵は念を押した。

「はい……」

「旦那さま……」

太市は、緊張を浮かべていた。

「うむ。深編笠の侍、望月左馬之介かも知れぬな」

久蔵は読んだ。

「はい」

太市は頷いた。

「誰ですか、望月左馬之介とは……」

和馬は、手酌で酒を飲みながら訊いた。

「信濃松坂藩の家臣で、心形刀流の俺の弟弟子だ」

久蔵は告げた。

「えっ。じゃあ、石原が云い残したもちとは望月左馬之介のもち、もち……」

和馬は、猪口《ちょこ》を膳に置いた。

「かもしれぬ」

久蔵は頷いた。

「ならば秋山さま、石原惣兵衛の斬殺は、お尋ねになられた松坂藩に絡んで……」

和馬は読んだ。

「うむ。おそらく今、松坂藩家中には何かが起こっている」

久蔵は睨んだ。

「はい。ですが、相手は大名家、我ら町奉行所の支配違い……」

和馬は眉をひそめた。

「確かに大名家は、我ら町奉行所の支配違い。だが、石原惣兵衛を斬った深編笠の侍の素性がはっきりしない限り、浪人として我らが探索を進める手立てはある」

「成る程、ならば……」

「うむ。松坂藩に何が潜んでいるのか突き止めるのだ」

久蔵は命じた。

久蔵は、和馬に松坂藩家中の探索、太市に木挽町の小料理屋『堀川』を引き続き見張るように命じた。

和馬は、幸吉と共に斬殺された石原惣兵衛の身辺から探り始めた。

岡っ引の柳橋の弥平次《やへいじ》は、托鉢《たくはつ》坊主の雲海坊《うんかいぼう》としゃぼん玉売りの由松《よしまつ》を太市の助っ人に出した。

太市は、雲海坊や由松と小料理屋『堀川』の見張りを続けた。

和馬と幸吉は、浜町河岸にある松坂藩江戸中屋敷詰の家来に聞き込む事にした。

しかし、相手は大名家の家来だ。迂闊《うかつ》に聞き込みを掛ける訳にはいかない。

和馬と幸吉は、慎重に聞き込みの相手を捜した。

「和馬の旦那……」

幸吉は、松坂藩江戸中屋敷を訪れた派手な半纏《はんてん》を着た二人の町方の男を示した。

「何だ、あいつら……」

和馬は眉をひそめた。

「本所は回向院《えこういん》一家の竜次《りゅうじ》と千助《せんすけ》って博奕《ばくち》打ちですよ」

幸吉は、二人の派手な半纏を着た町方の男を知っていた。

「博奕打ち……」

和馬と幸吉は、組合橋の袂から見守った。

中屋敷から若い家来が出て来た。

二人の博奕打ちは、若い家来に証文らしい紙を見せた。

若い家来は、二人の博奕打ちを慌てて路地に誘った。

路地に入った二人の博奕打ちは、若い家来に証文を突き付けて何事かを言い募った。

若い家来は、博奕打ちたちに頭を下げて必死に何かを頼んでいた。

「若い家来、回向院一家の賭場に借金を作り、取立てられているようですね」

幸吉は読んだ。

「ああ……」

二人の博奕打ちは、若い家来に厳しい面持ちで何事かを云い残して踵を返した。

若い家来は、安堵《あんど》の面持ちで深く頭を下げて見送った。

「聞き込みの相手、やっと見付かったな」

和馬は笑った。

「ええ……」

和馬と幸吉は、組合橋を渡って若い家来の許に急いだ。

「賭場の借金、幾らかな」

若い家来は、和馬の声に激しく狼狽えた。

和馬と幸吉は、若い家来に近付いた。

若い家来は、和馬と幸吉を一瞥《いちべつ》してそそくさと中屋敷に戻ろうとした。

「いいのか、藩のお偉いさんに博奕の借金があり、取立てを受けていると知れても……」

和馬は云い放った。

若い家来は、怯《おび》えた顔で振り返った。

「ちょいと、訊きたい事があるんだがな」

和馬は笑い掛けた。

「訊きたい事……」

若い家来は、緊張を滲ませた。

「ああ、殺された石原惣兵衛さんの事でね」

和馬は、笑顔で囁いた。

三

大川に続く浜町堀の河口には川口橋が架かっており、東の角には下総《しもうさ》国佐倉藩江戸上屋敷があった。

和馬と若い家来は、松坂藩江戸中屋敷の前を嫌って大川の岸辺に出て来た。

幸吉は、僅かに身を退いて若い家来を油断なく見守った。

「私は南町の神崎和馬、こっちは幸吉。お前さんは……」

「根岸真一郎《ねぎししんいちろう》……」

若い家来は、怯えと緊張に喉を僅かに引き攣《つ》らせた。

「根岸真一郎さんか……」

「ええ……」

根岸は、喉を鳴らして頷いた。

「根岸さん、殺された石原惣兵衛さん、どんな人でした……」

「どんなと云われても。御家老の信任の厚い方です」

「御家老……」

「はい。上屋敷においでになる江戸家老の高木行部《たかぎぎょうぶ》さまです」

「じゃあ、石原さんは高木行部さまの指図で動いていたのかな」

「はい……」

「昨日、不忍池に行ったのも、そうかな……」

「分りませんが、きっと……」

根岸は首を捻った。

「じゃあ根岸さん、松坂藩家中の揉《も》め事ってのを聞かせて貰おうか……」

和馬は鎌を掛けた。

「揉め事……」

根岸は、微かな狼狽《ろうばい》を過ぎらせた。

「ええ……」

和馬と幸吉は、松坂藩に揉め事があり、根岸が知っていると睨んだ。

「何の事ですか……」

根岸は惚《とぼ》けようとした。

「根岸さん、惚けても手遅れだよ」

和馬は笑った。

根岸は項垂《うなだ》れた。

「何ですか、松坂藩の揉め事ってのは……」

「神崎さん、松坂の国許にお帰りになられている殿が病にお倒れになられた」

根岸は、辺りを窺って声をひそめた。

「稲葉政直さまが……」

和馬は戸惑った。

「はい。それで……」

根岸は、話を続けるのを躊躇《ためら》った。

「跡継ぎを巡っての御家騒動ですか……」

幸吉は読んだ。

「いや。御家騒動ではない。只、殿に万一の事があった時、誰が家督を継ぐかで揉めているだけだ」

根岸は、御家騒動ではないと云い張った。

「じゃあ、その揉め事ってのを、詳しく教えて貰えるかな」

和馬は笑った。

「はい……」

根岸は、覚悟を決めたように頷いた。

「殿には、江戸上屋敷の奥方さまの御子の姫さまと、国許松坂におられる御側室の御子の若さまがおられます。姫さまはお年頃で、若さまは未だ三歳の幼子。それで奥方さまや江戸家老の高木さまは姫さまに婿を迎えて家督を継がそうとされ、御側室と国許の国家老は幼い若さまをと……」

根岸は揉め事を告げた。

揉め事は、江戸の奥方と江戸家老の姫さま方と、国許の側室と国家老の幼い若さま方の家督争いなのだ。

斬殺された石原惣兵衛は、江戸家老の高木行部の腹心の配下だった。

となると、石原惣兵衛は姫さまに婿を迎えて松坂藩を継がせようとする一派なのだ。

「して、お殿さまはどちらの御子を……」

和馬は尋ねた。

「分りません。殿のお気持ち、軽輩の私などには分りません」

根岸は、首を横に振った。

「本当かな……」

「本当です。本当に私には分りません」

根岸は、和馬と幸吉を必死な面持ちで見詰めた。

今更、嘘はない……。

「和馬の旦那……」

幸吉は見定めた。

「うん。根岸さん、良く分った。いろいろ助かりましたよ」

和馬は、根岸を解放した。

「神崎どの、此の事は……」

根岸は、和馬に縋《すが》る眼差しを向けた。

「何もなかった。忘れて下さい」

和馬は笑った。

「忝《かたじけな》い……」

根岸は、和馬と幸吉に一礼して松坂藩江戸中屋敷に走り去った。

和馬と幸吉は見送った。

松坂藩には家督争いが潜んでいた……。

和馬と幸吉は知った。

「殺された石原惣兵衛が姫さま方なら、斬ったのは若さま方ですか……」

幸吉は読んだ。

「うん。そうなるな……」

「ですが、若さま方は国許の松坂に多い筈ですよね」

幸吉は眉をひそめた。

「おそらくな……」

和馬は頷いた。

「じゃあ……」

幸吉は、厳しさを滲ませた。

「間違いあるまい……」

和馬と幸吉は、石原が云い残した〝もち〟の一言を〝望月左馬之介〟に間違いないと確信した。

大川から風が冷たく吹き抜けた。

木挽町の小料理屋『堀川』は、主で板前の宗吉と娘で女将のおしまが仕込みや掃除で忙しく働いていた。

太市、雲海坊、由松は、煙草屋の二階の部屋を借り、斜向かいの小料理屋『堀川』を見張り続けていた。

望月左馬之介は、小料理屋『堀川』に潜んでいる……。

太市、雲海坊、由松は、望月左馬之介が現われるのを待った。だが、望月はその姿を見せる事はなかった。

「堀川にいないんですかね、望月さん……」

太市は、苛立ちを滲ませた。

「焦るな太市……」

由松は苦笑した。

「でも、由松さん……」

「太市、望月さんが堀川にいなくても、宗吉かおしまが望月の処に行くかもしれない。焦らず待つのが見張りの一番の心得だ」

雲海坊は諭した。

「はい。すみません……」

太市は、素直に頷いた。

信濃国松坂藩家中は、藩主稲葉政直の急な病を受け、跡目を巡っての争いが起こっている。

秋山久蔵は、和馬の報告を受けた。

「それで秋山さま、斬られた石原惣兵衛は姫さま方の江戸家老高木行部の腹心。となると、斬ったのは……」

「国許から来た望月左馬之介か……」

久蔵は、和馬の睨みを読んだ。

「はい。国許の国家老は若さま方、望月さんが国家老の命を受け、秘かに出府しての所業かと……」

和馬は、厳しい面持ちで告げた。

「もしそうだとすれば、事は石原惣兵衛一人ではすまない筈だな」

久蔵は読んだ。

「はい。望月さんが行方を晦《くら》ましているのは、その為かと思われます」

「ならば、次は姫さま方の首魁《しゅかい》である江戸家老の高木行部か……」

久蔵は、望月左馬之介が石原に続いて高木行部の命を狙っていると睨んだ。

「おそらく……」

和馬は頷いた。

「よし。松坂藩江戸上屋敷に赴き、江戸家老の高木行部の動きと望月左馬之介が現われぬか見張るのだ」

久蔵は命じた。

「心得ました」

和馬は頷き、幸吉を従えて愛宕下薬師小路の松坂藩江戸上屋敷に向かった。

望月左馬之介は、刺客となって江戸に現われた……。

久蔵は、十五年前の少年だった左馬之介の顔を思い浮かべた。

十五年の歳月は、左馬之介をどう変貌させたのか……。

只一つ明確なのは、左馬之介は石原惣兵衛に刀を抜く間も与えず斬り棄てる剣の遣い手になっている事だ。

左馬之介の藩内での役目や立場は分らぬが、刺客として秘かに江戸に潜入したのに間違いはないのだ。

刺客……。

刺客は闇に潜む存在であり、公に出来るものではない。

左馬之介は、役目として国家老に従っているのか。それとも、己の意志で行動しているのか……。

久蔵は知りたかった。

小料理屋『堀川』は開店の仕度を終えた。

暖簾《のれん》を掲げる日暮れ迄は、未だ刻がある。

雲海坊、由松、太市は、煙草屋の二階の部屋から見張りを続けた。

おしまが、『堀川』の裏に続く路地から粋な形をして出て来た。

「雲海坊の兄貴……」

太市と窓から見張っていた由松が、壁に寄り掛かって居眠りをしていた雲海坊を呼んだ。

「どうした……」

雲海坊は、由松や太市と並んで窓から『堀川』を窺った。

おしまは、辺りを見廻して足早に木挽橋に向かった。

「追ってみますか……」

由松は、雲海坊の指示を仰いだ。

「うん。ひょっとしたら望月さんの処に行くかもしれん。そうしてくれ」

由松は二階の部屋を出た。

「俺も行きます」

太市は、由松に続いた。

雲海坊は、由松や太市に代わって窓から小料理屋『堀川』を見張り始めた。


おしまは、三十間堀に架かる木挽橋を渡って芝口に向かった。

由松と太市は、足早に行くおしまを尾行た。

おしまは汐留川《しおどめがわ》に架かっている新橋を渡り、外濠《そとぼり》沿いを溜池に進んだ。

「何処に行くんですかね」

太市は眉をひそめた。

「何処に行こうが、望月左馬之介さんがいりゃあ良いさ」

由松は笑った。

おしまは、溜池沿いを西に進んだ。

由松と太市は追った。

溜池沿いを進むと赤坂御門に出る。

おしまは、赤坂御門の手前の赤坂田町四丁目の角を西南に曲がり、安芸《あき》国広島藩江戸中屋敷の横手の道を進んだ。

横手の道には寺が甍《いらか》を連ねていた。

おしまは、連なる寺の一軒の山門を潜った。

由松と太市は見届けた。そして、山門に掲げられている扁額を見上げた。

風雨に晒された扁額には、『祥泉寺』と書かれていた。

「祥泉寺か……」

由松と太市は、山門から境内を窺った。

本堂、鐘楼《しょうろう》、庫裏《くり》……。

掃除の行き届いた境内におしまの姿はなく、掃き集められた枯葉から細い煙りが立ち昇っているだけだった。

「おしま、庫裏に入ったのかな……」

「ええ……」

老寺男が庫裏から現われ、焚火の様子を見た。

「太市、此処を頼む。祥泉寺がどんな寺か訊いてくる」

「はい……」

由松は、太市を残して隣りの寺に走った。

太市は、緊張した面持ちで境内を窺った。

老寺男は、掃き集めた枯葉を燃やし続けていた。

火は枯葉を焼き、煙りを立ち昇らせた。

おしまは、何しに『祥泉寺』に来たのだろうか……。

太市は、想いを巡らせた。

ひょっとしたら、此処に望月左馬之介がいるのかもしれない。

太市は、自分の想いに思わず緊張した。

旗本屋敷の中間長屋の窓からは、松坂藩江戸上屋敷の表が見えた。

和馬と幸吉は、旗本屋敷の中間頭に金を握らせて中間長屋を見張場所に借りた。

松坂藩江戸上屋敷の表門が開いた。

「和馬の旦那……」

幸吉は、中間長屋の窓から松坂藩江戸上屋敷を見詰めたまま和馬を呼んだ。

「どうした……」

和馬は、幸吉のいる窓辺に寄った。

留守居駕籠《かご》が、供侍を従えて松坂藩江戸上屋敷から出て来た。

「留守居駕籠か……」

留守居駕籠は、大名家の家老以下の重臣が江戸で使う駕籠だ。

「江戸家老の高木行部さまが乗っているんですかね」

幸吉は眉をひそめた。

「かもしれないが……」

留守居駕籠には、江戸家老の高木行部以外の者が乗っているかもしれない。

和馬は、判断に迷った。

「確かめてみますかい」

居合わせた中間頭は、事も無げに告げた。

「出来るのか……」

和馬は身を乗り出した。

「ああ。お安い御用ですよ」

中間頭は、中間長屋を出た。

和馬と幸吉は続いた。

留守居駕籠は、供侍を従えて大名小路に向かった。

松坂藩江戸上屋敷の中間たちが見送った。

旗本屋敷の中間頭は、留守居駕籠一行を見送った中間たちに近付いた。

「やあ、御留守居役さまのお出掛けかい」

中間頭は、留守居駕籠を見送りながら気軽に声を掛けた。

「いや。江戸家老の高木さまだよ……」

松坂藩の中間たちは、松坂藩江戸上屋敷の表門を閉め始めた。

旗本屋敷の中間頭は、和馬と幸吉に笑って見せた。

留守居駕籠に乗っているのは、江戸家老の高木行部なのだ。

和馬は頷いた。

「行くぞ……」

「はい……」

和馬と幸吉は、留守居駕籠一行を追った。

留守居駕籠一行は、大名小路に進んで大横丁を抜け、宇田川町に出た。

和馬と幸吉は尾行た。

留守居駕籠一行は、宇田川町から東海道を南に進んだ。そして、金杉川に架かっている金杉橋を渡った。

金杉橋を渡った留守居駕籠一行は、金杉川沿いの道を西に向かった。

『祥泉寺』の境内には、住職の読む経が本堂から朗々と響いていた。

おしまが出て来る気配はない。

太市は、見張りを続けた。

「おしま、未だ出て来ないか……」

由松が戻って来た。

「はい。で、祥泉寺、どんなお寺か分りましたか……」

「うん。祥泉寺には、七十過ぎの住職の清雲《せいうん》さまと、ちょいとだけ若い寺男の善《ぜん》八《ぱち》がいるそうだ」

「へえ。七十過ぎのお坊さまにしては立派なお経ですね」

太市は、朗々と響いている経に感心した。

「ああ。何でも元は侍だって噂の坊さまでな。時々、旅の侍が泊まっているそうだ」

「じゃあ、望月さんも……」

太市は、望月左馬之介も『祥泉寺』に泊まっていると読んだ。

「ああ。泊まっているかもしれねえ」

由松は、厳しい面持ちで『祥泉寺』を眺めた。

住職の清雲の読経が終わり、『祥泉寺』に静寂が訪れた。

庫裏の腰高障子が開き、おしまが老寺男の善八に見送られて出て来た。

由松と太市は、素早く物陰に潜んだ。

おしまは、善八に会釈をして『祥泉寺』の山門を出た。

「どうしますか……」

太市は、由松の指示を仰いだ。

「きっと、木挽町の店に帰るんだろうが、追ってくれ。俺は此処に残り、望月さんがいるかどうか確かめる」

由松は決めた。

「承知しました。じゃあ……」

太市は、おしまを追った。

由松は太市を見送り、『祥泉寺』を窺った。

留守居駕籠一行は金杉川沿いを進み、筑後国久留米藩江戸上屋敷の隣りの大名屋敷に入った。

和馬と幸吉は見届けた。

「大名屋敷ですね」

「うむ。久留米藩江戸上屋敷の隣りとなると、陸奥《むつ》国北上藩の江戸上屋敷だったかな」

「陸奥国北上藩ですか……」

「確かそうだと思ったが……」

和馬は、自信がなかった。

「じゃあ、ちょいと訊いて来ますよ」

「うん。頼む」

和馬は頷いた。

幸吉は、和馬を残して背後にある寺や町家に向かった。

おしまは来た道を戻った。
太市は追った。
赤坂から溜池、外濠沿いを進んで汐留川に架かっている新橋……。
おしまは、新橋を渡って三十間堀に進んだ。
三十間堀に架かる木挽橋を渡れば小料理屋『堀川』はある。
やはり、木挽町の小料理屋『堀川』に帰るのか……。
太市は、微かな落胆を覚えながら尾行た。
おしまは、木挽橋を渡らずに三十間堀沿いを京橋に向かった。
行き先は小料理屋『堀川』ではない……。
太市は、俄《にわか》に緊張した。
何処に行くのだ……。
太市は、足早に行くおしまを追った。

四

「部屋住みの三男坊……」

和馬は、陸奥国北上藩江戸上屋敷を見詰めた。

「はい。北上藩の殿さま大沢忠晴《おおさわただはる》さまには若さまが三人おり、その二十歳になる三男坊に婿養子になる話があるそうですぜ」

幸吉は報せた。

「松坂藩の姫さまは確か十六歳。年格好は似合いかな……」

松坂藩江戸家老の高木行部は、姫さまの婿になる筈の北上藩の若さまに逢いに来たのだ。

和馬は読んだ。

「ええ、どっちにしろ三歳の若さまが家督を継ぐのは無理。十六歳の姫さまが婿を迎えるってのは、誰が見ても当たり前じゃありませんか……」

幸吉は眉をひそめた。

「処が幸吉。今、姫さまと北上藩の三男坊が松坂藩の家督を継げば、次は二人の子が藩主となり、その血筋が続いていく。今国許にいる三歳の若さまなど、終生飼殺しの挙げ句、消《の》えちまうだけだ」

「若さまも伸るか反るかの瀬戸際ですか……」

「ああ……」

追い詰められた若さま方は、姫さま方の江戸家老の高木行部と腹心の石原惣兵衛に刺客を放ったのだ。

「それで、望月左馬之介さまですか……」

「きっとな……」

和馬は頷いた。

まさか……。

太市は、戸惑いを覚えた。

おしまは、京橋川に架かっている白魚橋を渡って楓川沿いを進み、弾正橋から八丁堀に入ったのだ。

太市は、緊張した面持ちで八丁堀を行くおしまを追った。

おしまは立ち止まった。

そこは、岡崎町の秋山屋敷の前だった。

やはり……。

太市は、緊張に喉を引き攣らせた。

おしまは、思い詰めた面持ちで秋山屋敷を窺った。
旦那さまに用があって来たのか……。
太市は見守った。
秋山屋敷は表門を閉めているが、潜り戸の覗き窓から与平が門前を窺っている筈だ。
日は暮れ始めている。
刻は、既に申《さる》の刻七つ半（午後五時）を過ぎた頃だ。
与力の町奉行所の退出時刻は、申の刻七つ（午後四時）だ。
旦那さまは帰って来ているのか……。
太市は、久蔵が帰って来ているのを願った。
表門脇の潜り戸が開いた。
おしまは、慌てて踵を返した。
太市は、咄嗟《とっさ》におしまの前に飛び出し、行く手を阻《はば》んだ。
おしまは狼狽えた。
久蔵が、与平と共に潜り戸から出て来た。
おしまは、逃げ道を失って立ち竦《すく》んだ。

「旦那さま……」

太市は、久蔵が帰って来ていたのに安堵した。

「ああ。御苦労だったな」

久蔵は、太市を労《ねぎら》った。

「堀川のおしまかい……」

久蔵は、おしまに笑い掛けた。

「貴方さまは……」

おしまは覚悟を決め、久蔵に探る眼差しを向けた。

「秋山久蔵だ」

「秋山さま……」

おしまは、怯えと安堵を交錯させた。

「左馬之介の事で来たのだな」

「は、はい……」

おしまは頷いた。

「よし。話を聞かせて貰おう」

久蔵は、おしまを屋敷に招いた。

「どうぞ……」

香織は、おしまに茶を差し出した。

「畏れいります」

おしまは、深々と頭を下げた。

「ごゆるりと……」

香織は、太市が敷居際に控えている書院を後にした。

「おしま、左馬之介は赤坂の祥泉寺にいるのかい……」

久蔵は、いきなり訊いた。

「は、はい……」

おしまは、思わず頷いた。

「そうか。して、用とは何かな」

久蔵は、おしまを促した。

「はい。秋山さま、左馬之介さまは御家の為にと、人を斬り始めました。お父っつぁんと私は、何とかそれを止めようと、いろいろお話をしたのですが……」

小料理屋『堀川』の主の宗吉と娘のおしまは、刺客の道を進み始めた左馬之介を心配して止めるように頼んだ。

「左馬之介は話を聞かぬか……」

「はい……」

おしまは、哀しげに頷いた。

「おしま、お前たち父娘、左馬之介とはどのような拘わりなのだ」

「私の父の宗吉は、十五年前迄、左馬之介さまのお父上さまが江戸詰の時、奉公していたのです」

「やはり、そうか……」

「はい。それで父は、左馬之介さまたちが国許の信濃松坂にお帰りになる時、お暇を戴いたのです。左馬之介さまのお父上さまは、父に長年奉公してくれた御礼だと、金子《きんす》をお与え下さいまして。それで……」

「堀川を開いたか……」

「はい。父は松坂にお供したかったのですが、何分にも母が病弱で、冬の寒い信濃松坂は無理だと……」

「そうか。左馬之介と宗吉やおしまたちの拘わり、良く分った」

久蔵は頷いた。

「秋山さま、私は今日も左馬之介さまに人殺しになるのは止めて欲しいと頼みました。でも、左馬之介さまは既に一人斬り棄てた。だから、もう後戻りは出来ぬと……」

左馬之介が既に斬り棄てたのは、松坂藩江戸中屋敷留守居頭の石原惣兵衛の事だ。

「して、左馬之介が次に狙っているのは、松坂藩江戸家老の高木行部か……」

久蔵は、厳しさを滲ませた。

「は、はい……」

おしまは、久蔵が知っている事に戸惑いながら頷いた。

「左馬之介、どのような手立てで高木行部を襲うかは……」

「分りません……」

おしまは眉をひそめた。

「分らないか……」

「はい。でも、左馬之介さまは、今夜始末すると……」

おしまは、哀しさと悔しさを漲《みなぎ》らせた。

「今夜……」

久蔵は眉をひそめた。

「はい……」

おしまは頷いた。

赤坂『祥泉寺』に潜んでいる左馬之介は、何故に江戸家老の高木行部の動きを知っているのだ。

内通者がいる……。

久蔵は気付いた。

「左馬之介は、誰から高木行部の動きを聞いているのだ」

「江戸上屋敷にいる若さま方の者の報せだそうです」

松坂藩江戸詰の家来の中にも、若さま方の者はいるのだ。

左馬之介は、その者の手引きで江戸中屋敷留守居頭の石原惣兵衛を斬り、江戸家老の高木行部を闇討ちしようとしている。

久蔵は知った。

「そうか……」

「お願いにございます、秋山さま。左馬之介さまは好き好んで人を斬っている訳ではありません。国家老さまの命を受け、御役目として働いているだけなんです。

どうか、どうか助けてやって下さい」

おしまは、久蔵に両手を突いて頼んだ。

「おしま。お前の願い、叶えられるか分らぬが、この秋山久蔵、出来る限りの事はする」

「ありがとうございます。呉々も宜しくお願いします」

おしまの眼から涙が零《こぼ》れた。

さあて、どうする……。

久蔵は、事の始末をどうつけるか思案した。


小料理屋『堀川』の暖簾は夜風に揺れた。

おしまは、小料理屋『堀川』に戻って来て軒行燈を灯し、暖簾を掲げた。

何処に行っていたのか……。

煙草屋の二階から見張っていた雲海坊は、おしまを尾行て行った由松と太市の戻るのを待った。

「雲海坊さん……」

太市が、煙草屋の階段を上がって来た。

「おう。どうした、太市……」

「はい……」

太市は、雲海坊に事の次第を報せ、一緒に赤坂の『祥泉寺』に急いだ。


夜。

松坂藩江戸家老の乗った留守居駕籠は、駿河台《するがだい》錦小路にある旗本屋敷に入ったままだった。

和馬は見張っていた。

松坂藩江戸家老の高木行部は、陸奥国北上藩江戸上屋敷から駿河台錦小路の旗本屋敷にやって来たのだ。

「和馬の旦那……」

幸吉が、近くの旗本屋敷の中間小者に聞き込みを掛けて戻って来た。

「分ったか……」

「はい。大目付の本多帯刀《ほんだたてわき》さまの御屋敷です」

幸吉は、高木行部の入った屋敷を示した。

「大目付の本多帯刀さまか……」

「はい……」

幸吉は頷いた。

大目付は、大名の監察が役目だ。

高木は、松坂藩の家督相続についての根廻しをしている。

和馬は読んだ。


赤坂の『祥泉寺』は静寂に覆われていた。

雲海坊と太市は、由松と合流して『祥泉寺』を見張り続けた。

『祥泉寺』の庫裏の腰高障子が開き、深編笠を被った武士が出て来た。

雲海坊、由松、太市は、素早く物陰に隠れて見守った。

武士は深編笠をあげ、鋭い眼差しで辺りの闇を見廻した。

望月左馬之介さんだ……。

太市は、深編笠の武士を左馬之介だと見定めた。

左馬之介は、落ち着いた足取りで溜池沿いの道に向かった。

「太市……」

由松は、太市に深編笠の武士が望月左馬之介かどうか訊いた。

「望月左馬之介さまです」

太市は頷いた。

「よし……」

雲海坊、由松、太市は、左馬之介を追った。


駿河台錦小路にある本多屋敷の表門が開き、提灯《ちょうちん》を翳した供侍を先頭にした留守居駕籠一行が出て来た。

松坂藩江戸家老の高木行部の一行だ。

和馬と幸吉は睨み、外濠に架かっている神田橋御門に向かう留守居駕籠一行を追った。

高木行部の乗った留守居駕籠一行は、外濠沿いを進んで愛宕下薬師小路の松坂藩江戸上屋敷に帰る。

和馬と幸吉は読んだ。

留守居駕籠一行は、提灯を揺らしながら外濠沿いを進んだ。

外濠に架かっている幸橋御門前の久保丁原は、北は曲輪《くるわ》内、東は東海道、南は愛宕下大名小路、西は溜池に続いている。そして、傍らには明地があった。

望月左馬之介は、溜池から外濠に進んで明地の傍に近付いた。

雲海坊、由松、太市は尾行た。

左馬之介は、明地の傍を久保丁原に進んだ。

久保丁原に臨む明地の傍には、四人の頭巾を被った武士が佇《たたず》んでいた。

頭巾を被った武士たちは、左馬之介に気が付いて近寄った。

左馬之介と頭巾を被った武士たちは、何事かを囁き合って明地の暗がりに潜んだ。

雲海坊、由松、太市は見張った。

「誰かを待ち伏せする気か……」

雲海坊は読んだ。

「きっと……」

由松は頷いた。

「相手は、松坂藩の姫さま方ですか……」

太市は、緊張を滲ませた。

「闇討ちをしようって相手だ。江戸家老の高木行部だろうな」

雲海坊は睨んだ。

「久保丁原で待ち伏せって事は、汐留川沿いを来るか、外濠沿いの土橋を渡って来るか……」

由松は、江戸家老の高木行部がやって来る道筋を読んだ。

「由松、俺の勘じゃあ、外濠沿いから土橋だ。ちょいと見て来てくれ」

雲海坊は指示した。

「承知……」

由松は飲み屋帰りを装い、寒そうに肩を竦めて久保丁原を横切り、土橋に向かった。


外濠には月影が揺れていた。

由松は土橋を渡り、袂に佇んで外濠沿いの道を窺った。

外濠沿いの道は暗く続いていた。

「由松の兄貴……」

勇次《ゆうじ》が現われた。

「おう、勇次じゃあねえか……」

由松は戸惑った。

「向こうに秋山さまと親分が……」

勇次は、外濠の向こうの幸橋御門を示した。

「流石《さすが》だな……」

由松は感心した。

久蔵は、望月左馬之介が久保丁原で高木行部に闇討ちを仕掛けると読み、先廻りをして手を打っていた。

「由松の兄貴……」

勇次は、暗い外濠沿いの道を透かし見た。

暗がりの奥に小さな明かりが揺れた。

提灯の明かり……。

「誰が来たか見定めるぜ」

由松は、家並みの軒下沿いの暗がり伝いに、提灯の明かりに急いだ。

勇次は続いた。

由松と勇次は、家並みの路地に潜んだ。

留守居駕籠一行が、提灯を持った供侍に先導されて通り過ぎた。

「誰が乗っているのかな……」

勇次は、留守居駕籠一行を見送った。

「高木行部かもな……」

由松は眉をひそめた。

「その通りだ」

和馬と幸吉が追って来た。

「和馬の旦那、幸吉の兄貴……」

由松は、安堵の笑みを浮かべた。

「秋山さまたちと親分が……」

勇次は、久蔵と弥平次たちが来ているのを告げた。

「そうか……」

和馬は頷いた。

「勇次、秋山さまと親分に報せろ」

幸吉は命じた。

「合点です」

勇次は、留守居駕籠一行の先廻りをする為、家並みの路地に猛然と駆け込んだ。

「行くぞ」

和馬は、留守居駕籠一行を追った。

幸吉と由松が続いた。


幸橋御門前久保丁原は暗く人気《ひとけ》はなかった。

提灯を持った供侍を先頭にした留守居駕籠一行が、土橋を渡って来た。

「来たぞ……」

望月左馬之介と四人の頭巾を被った武士は、刀の柄《つか》を握り締めて身構えた。

留守居駕籠一行は、久保丁原を斜めに横切って愛宕下大名小路に向かった。

左馬之介は見守った。

「望月どの……」

頭巾を被った武士が、緊張に声を引き攣らせた。

「うむ。高木行部は私が始末する、おぬしたちは供の者たちを……」

左馬之介は、留守居駕籠一行を見据えながら命じた。

「心得た」

四人の頭巾を被った武士は、生唾を飲み込んで刀の鯉口を切った。

「行くぞ」

左馬之介は暗がりを出た。

四人の頭巾を被った武士は、刀を抜き払って留守居駕籠一行に突進した。

供侍たちが慌てて留守居駕籠を降ろし、刀を抜いて身構えた。

四人の頭巾を被った武士は、猛然と供侍たちに斬り掛かろうとした。

刹那、呼子笛の音が甲高く鳴り響き、南町奉行所の高張提灯が掲げられた。

望月左馬之介と四人の頭巾を被った武士、そして高木行部一行は戸惑い、狼狽えた。

久蔵が、柳橋の弥平次と勇次を従えて幸橋御門前の暗がりから現われた。

秋山さま……。

左馬之介は、凝然と立ち尽した。

四人の頭巾を被った武士は、激しく狼狽えて周囲に逃げ道を探した。

和馬は、幸吉や由松と土橋から駆け付けた。

雲海坊と太市が、明地の暗がりから出て来た。そして、南町奉行所臨時廻り同心の蛭子市兵衛が、捕り方たちを従えて愛宕下大名小路から現われた。

四人の頭巾を被った武士と留守居駕籠の供侍たちは、南町奉行所の役人たちの出現に呆然とした。

「信濃国松坂藩御家中の方々とお見受け致す。拙者、南町奉行所吟味方《ぎんみがた》与力秋山久蔵……」

久蔵は進み出た。

四人の頭巾を被った武士と留守居駕籠の供侍たちは、自分たちの素性が知れているのに狼狽した。

左馬之介は、深編笠を目深に被って四人の頭巾を被った武士の背後に佇んだ。

「如何《いか》に夜分とは申せ、御府内見附門前で白刃を翳しての騒ぎは見逃せぬ」

久蔵は厳しく告げた。

「待たれよ」

高木行部が、留守居駕籠から降り立った。

「拙者、松坂藩江戸家老高木行部……」

「ほう。姫さま方か……」

久蔵は笑った。

「何……」

高木は眉をひそめた。

「ならば、お前さんたちは若さま方だな……」

久蔵は、四人の頭巾を被った武士に笑い掛けた。

四人の頭巾を被った武士は怯《ひる》んだ。

「秋山どのと申されたな。我らは松坂藩の者、町奉行所の方々にとやかく云われる謂《い》われはない」

高木は、久蔵が藩内の事情を知っているのに戸惑いながらも、威勢を保とうと居丈高に告げた。

「ほう、それで良いのかい……」

久蔵は、冷笑を浮かべて高木を見据えた。

「なに……」

高木は怯んだ。

「過日、中屋敷留守居頭石原惣兵衛斬殺事件を起こして御府内を騒がせたのに飽きたらず、今度は闇討ち騒ぎ、幾ら大名でも見逃しには出来ねえ。信濃松坂藩は御家騒動の挙げ句に御府内で殺し合いをしていると、事の次第を公儀に届け出る迄だぜ」

久蔵は云い放った。

「そ、そのような……」

高木は、恐怖に衝き上げられた。

公儀に御家騒動が知れると、松坂藩稲葉家は只では済まない。御家騒動を知った公儀は、ここぞとばかりに松坂藩稲葉家を取り潰すかもしれないのだ。

「高木さん、松坂藩の安泰を願うのなら、愚かな対立など止め、藩主の稲葉政直さまや国家老と腹を割って話し合うのだな」

「秋山どの……」

「さあ、先《ま》ずはお前さんたちが退《ひ》きな」

久蔵は、四人の頭巾を被った武士に告げた。

四人の頭巾を被った武士は、迷い躊躇った。

左馬之介は、深編笠を目深に被ったまま闇の奥に立ち去った。

左馬之介……。

久蔵は苦笑した。

四人の頭巾を被った武士は、左馬之介が立ち去ったのを見て慌てて続いた。

「じゃあ高木さん、此からの松坂藩、じっくり見物させて貰うぜ。もし、此のまま御家騒動を続けたらどうなるか、篤《とく》と考えるんだな」

久蔵は、不敵な笑みを浮かべた。

信濃国松坂藩は鳴りを潜めた。

江戸の姫さまと国許の若さまを押し立てての御家騒動は、最初から陰に隠れていたが、微かな気配も窺う事が出来なくなった。

久蔵は、柳橋の弥平次に命じ、松坂藩江戸上屋敷の中間小者や出入りの商人たちに探りを入れさせた。

江戸上屋敷の中間小者や出入りの商人たちからは、御家騒動や不審な事などは窺えなかった。

脅しが効いたか……。

久蔵は、油断なく監視を続けた。

八丁堀岡崎町の秋山屋敷に客が訪れた。

「左馬之介が……」

久蔵は眉をひそめた。

「はい。松坂藩家中の望月左馬之介さまが御挨拶をしたいと……」

太市は、緊張した面持ちで取り次いだ。

「そうか、左馬之介が来たか……」

「はい」

「よし、通してくれ。それから、香織に酒を頼むとな……」

「心得ました」

太市は、表門に戻って行った。

僅かな刻が過ぎた。

望月左馬之介が、太市に案内されて来た。

「おう。左馬之介か……」

久蔵は笑い掛けた。

「はい。秋山先生、永の無沙汰をお許し下さい。お久しゅうございます」

左馬之介は、久蔵に平伏した。

「左馬之介、大人になったら妙に堅苦しくなったな。似合わねえぜ」

久蔵は苦笑した。

「いえ。そのような……」

左馬之介は、思わず狼狽えた。

「そうか、十五年振りだな……」

久蔵は、若さと精悍さに溢れた左馬之介の顔を嬉しげに見詰めた。

「あ、秋山先生……」

左馬之介は、少年のように照れた。

「照れるな左馬之介……」

久蔵は笑った。

「秋山さま……」

左馬之介は威儀を正した。

「何だ……」

「拙者、松坂藩家中の石原惣兵衛なる者を斬り棄てました」

左馬之介は、石原惣兵衛斬殺を自訴して来たのだ。

「何を云っているんだ、左馬之介。そいつは松坂藩家中の揉め事だろう。俺たち町奉行所には拘わりはねえぜ」

「秋山さま……」

「左馬之介、藩からの咎《とが》めはあったのかい」

「いえ。何も……」

松坂藩は、石原惣兵衛斬殺事件を公にせず、闇の彼方に消し去るつもりだ。

「だったら左馬之介、お前は石原惣兵衛の菩提を弔うしかあるまい」

「秋山先生……」

左馬之介は、久蔵の言葉に頷くように項垂れた。

「失礼致します」

香織が、与平やお福と酒と膳を運んで来た。

「おう。待ち兼ねた。左馬之介、妻の香織だ」

久蔵は、左馬之介に香織を引き合わせた。

「香織にございます」

「望月左馬之介にございます。秋山先生には何かとお世話になっている者にございます」

左馬之介は、香織に深々と頭を下げた。

「おやおや、握り飯の左馬之介さんが立派になったもんだ」

「ほんと、私の握った大きなおにぎりを美味しそうに食べていた子が……」

与平とお福は、嬉しそうに笑った。

「与平さん、お福さん、暫くでした。稽古帰りに食べた握り飯の美味しさ、今でも忘れてはおりません」

左馬之介は微笑み、与平とお福に頭を深々と下げた。

「ほんと、立派になって……」

お福は、肥った身体を縮めるようにして滲む涙を拭《ぬぐ》った。

「まったく、歳を取ると涙もろくなりやがって……」

与平は、お福を叱った。

「何云ってんです。お前さんだって……」

お福は、肥った身体を揺らして云い返した。

「与平、お福、御挨拶が済んだら行きますよ。では、ごゆるりと……」

香織は、与平とお福を促して台所に戻って行った。

「さあ、一杯やれ……」

久蔵は、左馬之介に徳利を差し出した。

「忝うございます。では……」

左馬之介は酒の満ちた猪口を置き、久蔵に酌を返した。

「うむ。ならば左馬之介」

「戴きます」

久蔵と左馬之介は酒を飲んだ。

「して、これから松坂に帰るのか……」

「はい。秋山先生に拘わりないと仰られては、帰るしかありません」

「そうか。松坂からのわざわざの年始、御苦労だったな」

「えっ……」

「いいじゃあねえか、左馬之介。秋山家の年始客で……」

久蔵は笑った。

第二話

狐憑き

一

如月《きさらぎ》——二月。

梅の季節。

梅の花は気品があって香りも高く、古くから文人墨客《ぼっかく》に愛好されていた。

江戸の梅の名所は、亀戸《かめいど》天神、亀戸梅屋敷、向島《むこうじま》百花園、蒲田《かまた》の梅園などがあり、梅見客で賑わう。

夜更けの神楽坂《かぐらざか》には、夜廻りの木戸番が打つ拍子木の音が甲高く響いていた。

「火の用心……」

木戸番は拍子木を打ち鳴らしながら路地から現われ、神楽坂をあがろうとした。

神楽坂の上に、白い打掛けのような着物を羽織った若い洗い髪の女が現われた。

木戸番は、坂の上に現われた若い洗い髪の女を見詰めて凝然と立ち尽した。

若い洗い髪の女は、坂の下に立ち竦んでいる木戸番を見詰め、赤い唇を歪《ゆが》めて大きく笑った。

白い息が散り、甲高い笑い声が夜の闇に響いた。

木戸番は、恐怖に衝き上げられた。

次の瞬間、若い洗い髪の女は白い打掛けのような着物を翻し、笑い声を残して神楽坂の上の闇に消えた。


「狐憑《きつねつ》き……」

南町奉行所定町廻り同心の神崎和馬は、湯島天神境内の茶店で茶を飲みながら眉をひそめた。

「ええ。木戸番の庄八《しょうはち》さんが夜廻りをしていたら神楽坂の上に現われたそうでしてね。若い洗い髪の女で、狐のような笑い声をあげて消えたそうです。で、ありゃあ、きっと狐憑きだと……」

下っ引の幸吉は苦笑した。

「洗い髪の若い女の狐憑きか……」

「庄八さんがそう云っていましてね……」

幸吉は、茶を飲みながら頷いた。

「して、狐憑きの若い女、何か悪事を働いたのか……」

「いいえ。現われたってだけで、悪事を働いたって訳じゃありません」

「そうか。で、狐憑きの若い女、何処の誰か分っているのか……」

「そいつが、庄八さんは真っ赤な紅を塗った唇しか覚えていなくて、若い女って事以外、はっきりはしないのですよ」

「真っ赤な紅を塗った唇か……」

「はい……」

「じゃあ、神楽坂にはいろいろな噂が飛び交っているんだろうな」

「ええ。若い女の狐憑きですからね。噂は面白可笑《おか》しく作られていくんでしょうね」

幸吉は眉をひそめた。

「ああ、きっとな。今夜から物見高い野郎共の神楽坂詣でが始まるんだろうな」

和馬は苦笑した。

湯島天神境内は参拝客で賑わっていた。

狐憑きの若い女の噂は、神楽坂一帯に満ち溢れて広がっていた。

牛込に住む旗本御家人の子弟と揚場町《あげばちよう》の人足や軽子《かるこ》たちは、狐憑きの若い女の噂を飛ばして賑やかに囃《はや》し立てた。

夕陽は神楽坂の上に沈み、牛込御門が架かっている外濠に月影が揺れた。

寒さは募った。

旗本御家人の子弟や人足たちは、狐憑きの若い女を一目見ようと徒党を組んで神楽坂一帯を彷徨《うろつ》いた。だが、狐憑きの若い女は容易に現われず、旗本御家人の子弟と人足たちは寒さに身を縮めて苛立った。そして、互いの邪魔や罵《のの》り合いの小競り合いを始めた。

所詮、物見高いだけの野次馬だ。

刻は過ぎた。

狐憑きの若い女は現われず、夜明けが近付いた。


夜は明けた。

神楽坂の上、牛込肴町《さかなまち》の東に毘沙門天《びしやもんてん》で名高い善國寺がある。

寺男は、白い息を吐きながら善國寺周囲の掃除をし始めた。そして、土塀沿いの路地に倒れている若い侍に気が付いた。

酔っ払いか……。

寺男は、俯《うつぶ》せに倒れている若い侍に近付いた。

「も、もし、お侍さま。もし……」

寺男は、恐る恐る若い侍の顔を覗き込んだ。

若い侍は、かっと眼を瞠《みは》って腹から血を流し、絶命していた。

死んでいる……。

寺男は驚き、悲鳴をあげた。


若い侍が殺された……。

和馬と幸吉は、外濠沿いを善國寺に急いだ。

「善國寺か……」

「ええ。神楽坂の上にある毘沙門天で名高い寺です」

「うん。神楽坂な……」

和馬は、小さな笑みを浮かべた。

「昨夜は現れなかったそうですよ、狐憑きの若い女……」

幸吉は、和馬の小さな笑みを読んだ。

「そうか。で、狐憑きの若い女を一目見ようって奴らは……」

「旗本御家人の暇な倅《せがれ》や腕自慢の人足たちが、夜遅く迄、彷徨いていたそうですよ」

幸吉は苦笑した。

「やっぱりな……」

和馬と幸吉は、仕事に行く職人やお店者《たなもの》と擦れ違い、外濠沿いから神楽坂に曲がった。

神楽坂は朝陽に照らされていた。

和馬と幸吉は、朝陽の暖かさを背中に感じながら神楽坂をあがった。

善國寺の路地には、既に柳橋の弥平次と勇次が来ていた。

「やあ。御苦労だね」

「おはようございます」

和馬は、弥平次や勇次と挨拶を交わした。

「で、仏さんは……」

「こっちです」

弥平次は、路地奥に斃《たお》れている若い侍の許に和馬を誘った。

弥平次は、若い侍の死体に被せられていた筵《むしろ》を捲《めく》った。

若い侍は、眼を見開いたままだった。

和馬は、若い侍の死体に手を合わせた。

幸吉が続いた。

「腹を何度か刺されて殺されています」

弥平次は、若い侍を仰向けにした。

腹が血に塗《まみ》れていた。

「刀は抜いていないか……」

和馬は、若い侍の腰の刀を一瞥した。

「はい。不意を衝かれたか、刀を抜く暇もない程の早技で刺されたか……」

弥平次は読んだ。

「何《いず》れにしろ、武士としちゃあ不覚を取った訳だな」

和馬は眉をひそめた。

刀を抜き合わずに殺されるのは、武士としては恥辱以外のなにものでもない。

「余り剣術の修行はしちゃあいませんかい」

「きっとな……」

「じゃあ、先ずは市ヶ谷牛込界隈で、余りやっとうが出来なくて物見高い旗本御家人の倅を捜してみますか……」

「幸吉、物見高いってのは、仏さんが狐憑きの若い女の見物に来たって睨みだな」

弥平次は、幸吉に尋ねた。

「はい。違いますかね」

幸吉は頷いた。

「いや。昨夜、狐憑きの若い女を見物に来た人足を捜して聞き込もうと、雲海坊と由松が揚場町に行っているよ」

弥平次は、狐憑きの若い女の見物人が拘わっているかもしれないと読み、既に雲海坊と由松を聞き込みに行かせていた。

「そうですか……」

「和馬の旦那、親分……」

路地の入口にいた勇次が、仏の傍にいる和馬、弥平次、幸吉に駆け寄って来た。

「どうした……」

「仏さん、ひょっとしたら知り合いかもしれないって人が……」

勇次は、路地の入口にいる中年の下男を示した。

「よし。顔を検《あらた》めて貰え」

和馬は指示した。

「はい……」

勇次は、中年の下男を呼んだ。

中年の下男は、緊張した面持ちで和馬や弥平次に頭を下げた。

「取り敢えず仏さんを拝んで貰おうか……」

和馬は、幸吉に目配せをした。

幸吉は返事をし、若い侍の死体に被せてあった筵を捲った。

「り、倫之助《りんのすけ》さま……」

中年の下男は、若い侍の顔を見て息を飲み、傍らに座り込んで手を合わせた。

「倫之助か、何処の誰だい」

和馬は、中年の下男に尋ねた。

「はい。牛込は裏山伏町の御旗本竹本兵衛《たけもとひょうえ》さまの御次男の倫之助さまにございます」

中年の下男は、吐息混じりに告げた。

牛込裏山伏町は、善國寺の西にあって遠くはない。

「裏山伏町の竹本倫之助か……」

若い侍の身許が知れた。

「はい」

「で、お前さんは……」

弥平次は、中年の下男に名を訊いた。

「へい。手前は竹本さまの御屋敷に御奉公している文造《ぶんぞう》と申します」

「文造さんか……」

「はい」

「して文造、倫之助さんはどうしたのだ」

「それが、昨夜、お出掛けになったきり、お戻りにならないので……」

文造は、主の竹本兵衛に命じられて倫之助を捜し廻り、事件を知ったのだ。

「昨夜、倫之助さんが出掛けたのは、狐憑きの若い女の見物ですかい」

弥平次は尋ねた。

「は、はい……」

文造は、恐ろしそうに頷いた。

殺された竹本倫之助は、狐憑きの若い女の見物に来る物見高い男なのだ。

「出掛けたのは一人でかい……」

「いえ。出掛けたのは一人ですが、若柳《わかやぎ》って小料理屋で佐原真之丞《さはらしんのじょう》さまや下平伝《しもひらでん》八郎《ぱちろう》さまたちと落ち合うと……」

「その若柳って小料理屋は、何処にあるんだ」

「神楽坂の下にあります」

「神楽坂の下か……」

和馬は頷いた。

「文造さん、佐原真之丞と下平伝八郎の屋敷は何処ですか……」

幸吉は尋ねた。

「佐原さまの御屋敷は浄瑠璃坂《じょうるりざか》をあがった処で、下平さまは小日向《こひなた》の馬場の傍です」

「そうですか。和馬の旦那……」

「うん。浄瑠璃坂と小日向の馬場か……」

和馬は戸惑った。

「神楽坂を挟んで右と左ですね」

浄瑠璃坂は神楽坂の南西、小日向の馬場は北にある。

「よし。先ずはその辺から始めるか……」

和馬は、探索の方針を決めた。

二

和馬は、竹本倫之助の遺体の引き取りを許した。

下男の文造は、人を雇って倫之助の遺体を裏山伏町の竹本屋敷に運んだ。

弥平次は和馬と相談し、勇次に雲海坊や由松と合流するように命じ、南町奉行所にいる久蔵の許に急いだ。

和馬は、幸吉を伴って小日向の馬場の傍にある下平伝八郎の屋敷に向かった。


外濠には水鳥が遊び、波紋が幾重にも広がっていた。

牛込揚場町は荷船の荷揚げも終わり、荷揚場は閑散としていた。

仕事の終わった人足たちは、荷揚場脇の古い一膳飯屋に屯《たむろ》していた。

雲海坊と由松は、人足たちに酒を振る舞って聞き込んでいた。

「じゃあ、昨夜はお前さんたちも狐憑きの若い女の見物に出掛けたのかい」

由松は、人足の兄貴分に徳利を差し出した。

「ああ。狐憑きの若い女なんて、滅多に拝めねえから、皆で神楽坂に行きましたぜ」

人足の兄貴分は、由松の酌を受けて笑った。

「狐憑きの若い女の見物人、お前さんたちの他にも大勢来ていたんだろう」

「そりゃあもう。あっしたち人足や軽子たち、遊び人や地廻り、それに旗本御家人の倅たち。いろいろ来ていましてね。神楽坂は賑やかでしたぜ。なあ……」

兄貴分は、仲間の人足に話を振った。

「ええ。坂の下には夜鳴蕎麦屋や飲み屋の屋台も何軒か出ましてね。酒や蕎麦で身体を暖めながら狐憑きの若い女が現われるのを待ったのですが、出て来るのは酔っ払いばかり」

仲間の人足は苦笑した。

「そいつはいいや……」

雲海坊と由松は、人足たちと一緒に賑やかに笑った。

「酔っ払いばかりじゃあ、揉め事や小競り合いもあったんだろうな」

雲海坊は尋ねた。

「ええ。睨んだ笑った、押したの踏んだのと、いろいろありましたぜ」

「揉めた者に、若い侍はいなかったかな……」

雲海坊は、若い侍が揉め事に拘わって殺されたかもしれないと読んだ。

「さあ、いたかもしれませんが、良く分りませんね」

「そうか……」

「ま、昨夜のような騒ぎじゃあ、流石の狐憑きの若い女も出るに出られず現われずですぜ」

人足の兄貴分は苦笑した。

「兄貴、ひょっとしたら狐憑きの若い女。出るに出られないのに腹を立てて、若い侍を殺《や》ったのかもしれませんぜ」

「ああ、そうかもしれねえな」

「きっとそうですぜ」

人足たちは笑った。

若い侍は狐憑きの若い女に殺された……。

人足たちは、若い侍と狐憑きの若い女の拘わりを様々に言い立てて笑った。

「雲海坊の兄貴……」

由松は眉をひそめた。

「ああ。神楽坂に新しい噂が流れるぜ」

雲海坊は苦笑した。

「此処でしたかい……」

勇次が入って来た。

「おう。どうした」

「はい。仏さんの身許、割れました」

勇次は、殺された若い侍が裏山伏町に住んでいる旗本の次男竹本倫之助だったと報せ、弥平次に聞き込みを続けるよう命じられたのを告げた。

「旗本の次男竹本倫之助か……」

「ええ……」

「よし。じゃあ、竹本倫之助の足取りだな」

「はい。仏さんは、坂下の若柳って小料理屋が馴染の店でして、そこで浄瑠璃坂と小日向の馬場の傍に住んでいる仲間と落ち合っているかもしれないそうです」

「よし。此処は由松に任せて若柳に行ってみよう」

雲海坊は、探索の手筈を決めた。

下平伝八郎の屋敷は、小日向の馬場と江戸川の接する東の角にあった。

和馬と幸吉は、下平屋敷を訪れて伝八郎に逢いたいと申し入れた。

伝八郎は、着流し姿で大欠伸《おおあくび》をしながら現われた。

「やあ、私は南町奉行所の神崎和馬、こっちは幸吉。下平伝八郎さんだね」

和馬は尋ねた。

伝八郎は、和馬に迷惑げな一瞥を与えて江戸川の川端に向かった。

和馬と幸吉は続いた。

「何の用だ……」

伝八郎は、川端に立ち止まり、和馬と幸吉に嘲《あざけ》りを滲ませた眼を向けた。

生意気な野郎だ……。

和馬は出方を決めた。

「昨夜、竹本倫之助と一緒だったな」

「だったらどうした」

伝八郎は、蔑《さげす》んだような笑みを浮かべた。

「佐原真之丞は……」

和馬は、構わずに尋ねた。

「一緒だ」

「で、三人で神楽坂に狐憑きの若い女を見物しに行ったのか……」

「倫之助がどうしても見たいと云ってな。狐憑きの若い女などと、馬鹿な話だ」

伝八郎は嘲笑《ちょうしょう》した。

「それで……」

和馬は、話の先を促した。

「狐憑きの若い女が現われねえので酒を飲み、俺は先に帰って来た」

「そいつは何刻だ」

「亥《い》の刻四つ（午後十時）の鐘が鳴った後だ」

「で、竹本倫之助と佐原真之丞は、神楽坂に残ったのか……」

「ああ。狐憑きの若い女、それから現われたのか……」

「さあな……」

和馬は、伝八郎を冷たく一瞥した。

「用ってのは、それだけか……」

「いや。お前さんが別れる時、倫之助と真之丞、何かするとと云っちゃあいなかったかな」

「知らねえな」

「そうか。処で竹本倫之助、誰かに恨まれちゃあいなかったかい」

「倫之助を恨んでいた奴……」

「ああ。いなかったかな」

「倫之助、どうかしたのか……」

伝八郎は眉をひそめた。

此迄だ……。

「昨夜、殺された」

和馬は、伝八郎を見据えて告げた。

「なに……」

伝八郎は驚き、眼を瞠った。

「善國寺の脇の路地で、腹を何度も突き刺されてな」

和馬は、脅すように告げた。

「そんな……」

伝八郎は、今迄の生意気さを失い、怯えを浮かべて狼狽えた。

所詮は虚勢、臆病者だ……。

和馬は、下平伝八郎の本性を知った。

「それで、倫之助を恨んでいた奴だが、知っているなら教えて貰おう」

「り、倫之助を恨んでいる奴は女だ」

「女……」

「ああ。倫之助は女好きで、今迄に何人もの女を騙《だま》して弄《もてあそ》んでいる。だから、恨んでいるのは女だ」

「殺したい程か……」

「騙された女の中には、身籠って首を括《くく》った女もいる。だから……」

「殺したい程、恨んでいる女もいるか……」

和馬は、伝八郎の云いたい事を読んだ。

「きっと……」

伝八郎は、頬を引き攣らせながら頷いた。

「何処の何て女が竹本倫之助を殺したい程、恨んでいるんだい……」

「俺は知らぬ」

「ならば、浄瑠璃坂の佐原真之丞なら知っているのか……」

「ああ。真之丞の奴も女好きで、女遊びの時は連《つる》んでいたから……」

伝八郎は、嗄れ声を震わせた。

「そうか。幸吉……」

和馬は、幸吉に訊く事があるなら訊けと促した。

「はい。下平さま、昨夜、神楽坂には狐憑きの若い女を見物しようと、いろいろな者が大勢集まり、酒を飲んで揉め事を起こした奴もいたとか。竹本倫之助さまはそのような事に拘わりは……」

幸吉は、厳しい面持ちで訊いた。

「ない。俺が一緒にいた時は、倫之助は揉め事などには拘わりはなかった」

伝八郎は、首を横に振った。

「そうですか……」

幸吉は頷いた。

騙されて弄ばれた女の恨みと、揉め事の拘わり……。

和馬と幸吉は、騙されて弄ばれた女の恨みだけに絞りきらず、揉め事の挙げ句の殺しの線も棄てきってはいなかった。

「旗本の倅か……」

久蔵は眉をひそめた。

「はい。裏山伏町の竹本兵衛さまの御次男の倫之助と申される方です」

弥平次は、南町奉行所の久蔵の用部屋で熱い茶をすすりながら告げた。

「刀を抜かず、腹を刺されて殺された……」

「和馬の旦那は、武士としちゃあ不覚を取ったと……」

「うむ。して、昨夜の神楽坂は狐憑きの若い女を一目見ようと、暇な物好きが集まっていたのだな」

「はい。竹本倫之助さまも二人の仲間と見物に来ていたようでして。今、和馬の旦那が幸吉と二人の仲間の処に行っています」

「そうか。で、柳橋の、狐憑きの若い女ってのは本当の話なのか……」

「庄八さんと云う木戸番が見ています」

「他には……」

「今の処は庄八さんだけかと……」

弥平次は眉をひそめた。

「で、狐憑きの若い女が何処の誰かは、分らないのだな」

「はい……」

「柳橋の、狐憑きの若い女、何処の誰か突き止めるのだな」

久蔵は、厳しい面持ちで告げた。

「秋山さまは、竹本倫之助さま殺しと狐憑きの若い女、拘わりがあると……」

弥平次は、久蔵に読みを訊いた。

「未だ何とも云えぬが、気になってな」

久蔵は苦笑した。

「そうですか。それにしても狐憑きの若い女、どうやって捜したら良いですかね」

弥平次は首を捻った。

「柳橋の、狐憑きの若い女を見たのは木戸番の庄八只一人だ……」

久蔵の眼が鋭く輝いた。

「庄八さんですか……」

弥平次は戸惑った。

「ああ……」

久蔵は頷いた。

「承知しました」

狐憑きの若い女と木戸番の庄八は、何らかの拘わりがある……。

弥平次は、久蔵の睨みを知った。

「柳橋の、狐憑きの若い女騒ぎ、いろいろ裏があるかもな……」

久蔵は、楽しげな笑みを浮かべた。


神楽坂の小料理屋『若柳』は、市ヶ谷田町四丁目代地の外れにあった。

雲海坊と勇次は、漸《ようや》く眼を覚ました小料理屋『若柳』を訪ねた。

亭主の万吉《まんきち》と女将のおきちは、訪れた雲海坊と勇次に戸惑った。

勇次は、雲海坊と自分の素性を告げて竹本倫之助の事を尋ねた。

「倫之助さまなら、昨夜、真之丞さまや伝八郎さまと落ち合って酒をお飲みになられましたよ」

亭主の万吉は、戸惑った面持ちで告げた。

「三人、どんな風でしたかね」

雲海坊は、笑顔で尋ねた。

「どんなって……」

万吉は、助けを求めるかのように皿を片付けていた女将のおきちを見た。

「いつもは女や博奕の自慢話ですが、昨夜は狐憑きの若い女の話で盛り上がっていましたよ」

女将のおきちは、微かな侮《あなど》りと嫌悪を過ぎらせた。

「へえ、普段は女と博奕の自慢話か……」

雲海坊は苦笑した。

「ええ。上玉を引っ掛けたとか、博奕で大儲けをしたとか、自慢げにね。でも、何処迄本当なのか……」

おきちはせせら笑った。

「で、昨夜は狐憑きの若い女の話で盛り上がっていたんですかい」

「ええ。狐憑きでも若い女は女だって。旗本の暇な若さま、結構な御身分ですよね」

「三人が、何か揉めているって様子はありませんでしたかね」

勇次は訊いた。

「別にそんな風じゃありませんでしたよ」

おきちは、戸惑いを浮かべた。

「それで、三人は狐憑きの若い女を見物しに出掛けて行ったんだね」

雲海坊は読んだ。

「ええ……」

おきちは頷いた。

「そいつは、何刻ですかい……」

「戌《いぬ》の刻五つ（午後八時）過ぎだったと思いますけど。ねえ」

「うん……」

万吉は頷いた。

「出て行ったのは三人揃ってですね」

勇次は念を押した。

「はい……」

「で、昨夜はそれっきり戻らなかった……」

「ええ。お陰でこっちは静かになって良かったですけどね」

万吉とおきちは笑った。

「そうですか……」

昨夜、竹本倫之助は佐原真之丞や下平伝八郎と戌の刻五つに小料理屋『若柳』

から狐憑きの若い女を見物しに行った。

「そいつは何よりだったね」

雲海坊は笑った。

「あの。倫之助さまたちどうかしたんですか」

万吉は眉をひそめた。

「うん。昨夜、殺されてね」

雲海坊は、世間話でもするかのように事も無げに告げた。

「えっ。まさか、善國寺の路地で殺された侍ってのは……」

万吉とおきちは雲海坊を見詰め、顔色を変えて強張った。

「ああ。竹本倫之助さんだよ」

雲海坊は教えた。

おきちが、片付けていた皿を床に落した。

皿の割れる音が響いた。

浄瑠璃坂から見下ろせる外濠は、陽差しに煌めいていた。

旗本佐原屋敷は、浄瑠璃坂をあがった処にあった。

和馬と幸吉は、佐原屋敷の周辺の旗本屋敷の奉公人たちに聞き込みを掛けた。

佐原家当主の内記《ないき》は、三百石取りの無役の旗本であり、真之丞は末っ子の三男坊だった。

真之丞は、子供の頃から狡猾《こうかつ》な悪戯者《いたずらもの》であり、周辺の旗本屋敷の奉公人たちの評判は悪かった。

和馬と幸吉は佐原屋敷を訪れ、中間に真之丞に取次ぐように頼んだ。

「あの。真之丞さまならお出掛けになっていらっしゃいますが……」

佐原屋敷の中間は告げた。

「出掛けているか……」

「はい。昨日からお出掛けのままです」

「昨日から……」

和馬は眉をひそめた。

「和馬の旦那……」

幸吉は戸惑った。

真之丞は、狐憑きの若い女を見物に昨日出掛けたままなのだ。

「うん。もう一度訊くが、真之丞さんは昨日から出掛けたまま、帰っちゃあいないのだな」

和馬は念を押した。

「はい。それが何か……」

中間は、戸惑いを浮かべた。

真之丞が出掛けたまま帰らないのは、良くある事のようだ。

和馬と幸吉は知った。

「真之丞さま、何処に行っているのか御存知なんですか……」

幸吉は訊いた。

「さあ、神楽坂か、湯島天神、神田明神の飲み屋。足を伸ばして谷中《やなか》の女郎屋。その辺りで遊んでいる筈ですよ」

中間は苦笑した。

「真之丞さん、馴染の女でもいるのか……」

「良く分りませんが、きっと……」

中間は頷いた。

「そうか……」

「旦那、真之丞さまが何かしましたか……」

中間は眉をひそめた。

「いや。昨夜、真之丞さんと連んでいた竹本倫之助って旗本の倅が死んでな」

「竹本倫之助さまが……」

中間は、竹本倫之助を知っていたらしく喉を引き攣らせて驚いた。

「それで、真之丞さんが何か知っているかと思って来たんだ」

和馬は告げた。

「そうでしたか……」

中間は、緊張を浮かべて頷いた。

「どうします、和馬の旦那……」

「いなけりゃあしょうがない。出直して来るしかないな」

和馬は苦笑した。

「はい……」

幸吉は頷いた。

和馬と幸吉は、中間に礼を云って佐原屋敷を後にし、浄瑠璃坂を下った。

「和馬の旦那、ちょいと見張ってみますか……」

幸吉は、佐原屋敷を示した。

「うん。その方が良いだろうな」

「はい」

幸吉は頷いた。

真之丞がいつ帰って来るか分らない。そして、再び出掛けるかもしれない。

いずれにしろ、佐原真之丞が帰って来るのを待つのが無難だ。

和馬は読んだ。

「じゃあ、見張り場所を探しますか……」

「ああ……」

和馬と幸吉は、浄瑠璃坂の途中で立ち止まり、坂の上の佐原屋敷を見上げた。

佐原屋敷の屋根は陽差しを受け、眩《まぶ》しく煌めいていた。

三

狐憑きの若い女の見物人たちの揉め事や喧嘩は、殺された竹本倫之助、下平伝八郎、佐原真之丞と一切の拘わりはない……。

由松は、人足たちに聞き込みを続けてそう見定めた。

「そうか。仏さんたち、昨夜の揉め事や喧嘩に拘わりなかったか……」

「はい……」

由松は頷いた。

弥平次は神楽坂に戻り、由松、雲海坊、勇次を蕎麦屋に呼び集めた。

由松、雲海坊、勇次は、蕎麦を食べながら聞き込みの結果を弥平次に報せた。

「で、雲海坊、勇次、三人は小料理屋の若柳で落ち合い、狐憑きの若い女の話を肴に酒を飲んで見物に出掛けたんだな」

「はい。いつもは引っ掛けた女や博奕の自慢話をしているそうですがね」

雲海坊は苦笑した。

「親分、竹本たちは若柳の旦那や女将にとって余り良い馴染客じゃあなかったようです」

勇次は告げた。

「だろうな……」

弥平次は頷いた。

善國寺脇の路地で殺された竹本倫之助の足取りは、下平伝八郎や佐原真之丞と小料理屋『若柳』を出たきり分らなかった。

「後は、下平伝八郎と佐原真之丞の処に行っている和馬の旦那と幸吉の兄貴の聞き込み待ちですか……」

「うむ。で、狐憑きの若い女、何処の誰か分ったか……」

弥平次は茶を啜った。

「いいえ。そいつが未だ……」

雲海坊は眉をひそめた。

由松と勇次は頷いた。

「じゃあ、雲海坊、由松。木戸番の庄八さんを見張ってくれ」

弥平次は命じた。

「木戸番の庄八さんを見張る……」

雲海坊と由松は、戸惑いを浮かべた。

「うん。狐憑きの若い女を見ているのは、木戸番の庄八一人。秋山さまが何かがありそうだと睨んでね」

弥平次は告げた。

「秋山さまの睨みですか……」

「ああ……」

弥平次は、厳しい面持ちで頷いた。

「分りました。じゃあ、直ぐに……」

雲海坊と由松は頷いた。


庄八の木戸番屋は、神楽坂の下にあった。

木戸番屋の狭い店では、草鞋《わらじ》、炭団《たどん》、笊《ざる》などの僅かな荒物を売っており、庄八は表の掃除をしていた。

雲海坊と由松は、木戸の陰から掃除をしている庄八を見張り始めた。

庄八は、四十代半ばの小柄な男であり、真面目な働き者として町役人たちに信頼されていた。

「雲海坊の兄貴。庄八さん、狐憑きの若い女に拘わりがあるんですかね」

由松は眉をひそめた。

「うん。云われてみれば、狐憑きの若い女を見たのは庄八さん一人だ。本当は見ていなくても、見たと嘘はつけるさ」

雲海坊は読んだ。

「もし、嘘だったら、どうしてそんな真似をしたんですかね」

由松は、微かな苛立ちを過ぎらせた。

「由松、何もかもこれからだぜ」

雲海坊は苦笑し、店先の掃除をしている庄八を見守った。

木戸番の庄八は、丁寧な掃除を続けていた。

陽は西に大きく傾き、外濠の水面は煌めいた。


外濠は夕陽に染まり始めた。

和馬と幸吉は、旗本屋敷の中間部屋の窓から斜向かいの佐原屋敷を見張っていた。

佐原屋敷には出入りする者も少なく、真之丞は帰って来なかった。

「真之丞さん、帰って来ませんね」

幸吉に金を握らされた中間頭は、窓辺にいる和馬と幸吉に声を掛けた。

「いつもこんなもんなのかい、真之丞……」

和馬は苦笑した。

「らしいですよ。出掛けたら鉄砲玉。何処で何しているかは知りませんが、どうせ陸《ろく》な事はしちゃあいないんでしょうね」

中間頭は、嘲りを浮かべた。

「そうか……」

「和馬の旦那、もう直、日が暮れます」

幸吉は、窓の外の夕暮れの空を見上げた。

「うん……」

「今夜、出ますかね、狐憑きの若い女……」

幸吉は眉をひそめた。

「さあて、どうかな」

「今夜も集まるんでしょうね、見物人……」

「あっしたちも、ちょいと行ってみようかと思っているんですぜ」

中間頭は、笑いながら中間部屋から出て行った。

「ひょっとしたら佐原真之丞さん、今夜も神楽坂の狐憑きの若い女を見物に来るかもしれませんね」

幸吉は読んだ。

「そうか。そうかもしれないな。よし、ならば俺たちも狐憑きの若い女を見物に神楽坂に行ってみるか……」

「ええ。どうやらその方が良いかもしれませんね」

幸吉は頷いた。

「よし、そうしよう」

和馬は決めた。


夕陽は神楽坂を照らし、行交う人々の影を長く伸ばしていた。

今夜、狐憑きの若い女は現れるのか……。

神楽坂の人々は眉をひそめて囁き合い、物見高い暇な野次馬が訪れ始めた。

和馬と幸吉は、神楽坂に戻って弥平次や勇次と落ち合った。

「じゃあ、下平伝八郎さんは、早くに竹本倫之助さんや佐原真之丞さんと別れたので、良く分からないと、仰っているんですか……」

弥平次は眉をひそめた。

「うん。で、佐原真之丞は何処に行ったのか、昨日出掛けたまま帰らずだ」

和馬は苦笑した。

「それで、今夜、又狐憑きの若い女を見物に神楽坂に来るかもしれないと思いましてね」

　幸吉は告げた。

「そうか……」

「して親分、昨夜の神楽坂での揉め事や喧嘩に、竹本倫之助が拘わっていたものはあったのかな」

「雲海坊、由松、勇次がいろいろ探索をしたんですが、竹本倫之助さんが拘わった揉め事や喧嘩はなかったようですね」

「なかったか……」

「それから和馬の旦那、秋山さまが、狐憑きの若い女が殺しに拘わりがあるかもしれないと仰いましてね」

　弥平次は、久蔵の読みを告げた。

「秋山さまが……」

　和馬は眉をひそめた。

「はい……」

　弥平次は頷いた。

「じゃあ親分、先ずは狐憑きの若い女が何処の誰か突き止めなければなりませんが……」

幸吉は戸惑った。

「うん。それで秋山さまは、木戸番の庄八さんを調べてみろとな……」

「木戸番の庄八さんですか……」

幸吉は眉をひそめた。

「ああ、秋山さまは何らかの拘わりがあるかもしれないと睨んでいる」

「秋山さまが庄八さんを……」

「狐憑きの若い女を見ているのは、庄八さんだけだからな」

「そうですか……」

幸吉は頷いた。

「ならば親分、庄八の処には……」

和馬は尋ねた。

「はい。雲海坊と由松が見張りに……」

弥平次は告げた。

「そうか。じゃあ、今夜は俺たちも狐憑きの若い女が現われるのを待つか……」

和馬は笑みを浮かべた。

狐憑きの若い女は現われるのか……。

佐原真之丞はやって来るのか……。

そして、狐憑きの若い女の見物人に不審な者はいないか……。

和馬、弥平次、幸吉、勇次は、神楽坂が夜の闇に覆われるのを待った。


夜の神楽坂に拍子木の音が響いた。

木戸番の庄八は、火を灯した提灯を腰に差し、拍子木を打ち鳴らしながら町内の夜廻りを始めた。

雲海坊と由松は、夜廻りをする庄八を暗がり伝いに尾行た。

「火の用心……」

庄八は、拍子木を打ち鳴らし、慣れた足取りで町内の夜道を進んだ。

雲海坊と由松は追った。


外濠に架かっている牛込御門の前には、狐憑きの若い女の見物人を相手にした夜鳴蕎麦屋や飲み屋の屋台が並んだ。

弥平次と勇次は、夜鳴蕎麦屋や飲み屋の屋台で腹拵えをしている見物人に不審な者を捜した。

若い侍、浪人、遊び人、職人、人足、お店《たな》の若旦那……。

見物に来た者たちは、狐憑きの若い女が旗本の倅を殺したと面白そうに囁き合った。

噂は、いつの間にか新たな噂を呼んで広がっていた。

「竹本倫之助さん、狐憑きの若い女に殺されちまいましたね」

勇次は眉をひそめた。

「ああ。面白い噂には、尾鰭《おひれ》が付いてあっと云う間に広まるものだ」

弥平次は苦笑した。

狐憑きの若い女の噂は、物騒な尾鰭が付いて広がっていた。


小料理屋『若柳』では、馴染客たちが酒を飲んでいた。

浪人を装った和馬は、幸吉と酒を飲みながら佐原真之丞らしき若い侍が来るのを待っていた。

酒を楽しむ馴染客たちは、狐憑きの若い女と殺された竹本倫之助の噂に眉をひそめていた。

「それで、うちにも来たんですよ、岡っ引の身内が倫之助さんの事を訊きに……」

女将のおきちは、迷惑げな面持ちで馴染客たちに告げた。

「へえ、そいつは面倒な話だな」

馴染客たちは同情した。

「まったくで……」

亭主の万吉は苦笑した。

「それにしても、倫之助さんを殺したのは何処の誰なのかね」

「きっと、恨んでいた人ですよ」

「倫之助さんを恨んでいる人となると、女かな……」

「騙された女かい……」

「ああ。上手く引っ掛けたと、良く自慢していたからねえ」

「狐憑きの若い女って噂もありますよ」

亭主の万吉は、眉をひそめた。

「じゃあ何かい、狐憑きの若い女、倫之助に騙された女なのかい……」

「きっと……」

女将のおきちは頷いた。

「うん。そうかもしれないねえ……」

駲染客、亭主の万吉、女将のおきちたちは賑やかに笑った。

「和馬の旦那……」

幸吉は、微かな緊張を過ぎらせた。

「うん。狐憑きの若い女、倫之助に騙された女か……」

「ええ……」

和馬と幸吉は、駲染客、亭主の万吉、女将のおきちたちの読みが気になった。


夜が更け、狐憑きの若い女を見物に来た者たちは、神楽坂を彷徨き始めた。

弥平次と勇次は、見物人たちに竹本倫之助を殺したと思われる不審者を捜した。

しかし、それらしい不審者はいなかった。

狐憑きの若い女が現われないまま、刻は過ぎ去っていった。

夜空に拍子木の音が響いた。

木戸番の庄八は、拍子木を打ち鳴らし、決まった刻限に決まった道筋で夜廻りをした。

雲海坊と由松は、秘かに後を追って庄八の動きを見張った。だが、庄八に不審な処は何も窺えなかった。

「庄八さん、此と云って妙な処はありませんね」

由松は、寒さに身を縮めた。

「ああ……」

雲海坊は頷いた。

神楽坂を中心とした夜の町には、狐憑きの若い女を見物に来た者たちが彷徨いていた。

「幾ら若い女の狐憑きでも、この寒い夜更けにわざわざ見物に来るなんて、物好きな奴らですぜ」

由松は苦笑した。

庄八は、拍子木を打ち鳴らし、町内の見廻りを続けた。

刻は過ぎた。

小料理屋『若柳』は店を閉め、牛込御門の前に並んでいた夜鳴蕎麦屋や飲み屋の屋台は既に帰っていた。

狐憑きの若い女が現われる事もなく、神楽坂の夜は更けていった。

夜明けが近付いた。

狐憑きの若い女は現われず、見物に来た者たちは寝不足と寒さに震えながら散った。

佐原真之丞と下平伝八郎がやって来る事はなかった。

「此迄だな、親分……」

和馬は、白い息を吐いた。

「ええ、狐憑きの若い女は現われませんでしたが、喧嘩や揉め事もありませんでしたね」

弥平次は苦笑した。

此迄だ……。

和馬と弥平次は、幸吉と勇次を連れて柳橋の船宿『笹舟』に引き上げた。

雲海坊と由松は、木戸番の庄八を見張り続けた。

木戸番の庄八は、亥の刻四つ（午後十時）に町木戸を閉めた。

町木戸は警備の為のものであり、木戸番が管理をしていた。

亥の刻四つを過ぎてから通るには、町木戸脇の潜り戸を使わせる。それは、町内に不審な者を出入りさせない為だ。だが、裏通りや入り組んだ路地を使えば、町木戸を通らずに町内を抜ける事も出来る。

木戸番は、町木戸の管理と夜廻りが主な仕事であり、自身番や捕物の手伝いなどもした。それだけに夜は遅く、朝も遅い仕事だった。

雲海坊は、庄八が町木戸を開けて眠りに就いたのを見定め、由松を見張りに残して柳橋の船宿『笹舟』に戻った。


「庄八さんに妙な処はなかったか……」

弥平次は、木戸番の庄八の穏やかな顔を思い浮かべた。

「はい。決まった刻限に決まった道筋で町内の夜廻りをし、亥の刻四つに町木戸を閉めて、さっき開けて寝たようでしてね。それで、由松と交代で一眠りする事にしました」

「そうか、御苦労だったな。一杯遣って休んでくれ」

「はい……」

雲海坊は、『笹舟』の台所に行った。

「雲海坊さん……」

台所の隅にいたお糸《いと》が、雲海坊を呼んだ。

「おう。お糸ちゃん……」

「はい。熱いの……」

お糸は、湯気を纏《まと》わり付けた徳利を差し出した。

「ありがたい……」

雲海坊は、猪口に満ちた酒を飲んだ。

「ああ。美味い……」

「御飯、卵を入れた温かい雑炊にしますか……」

「いいねえ、流石はお糸ちゃんだ……」

雲海坊は喜んだ。

「はい。じゃあ……」

お糸は、板場に降りていった。

雲海坊は、手酌で温かい酒を飲んだ。

温かい酒は、冷えて疲れ切った五体に染み渡った。

巳《み》の刻四つ（午前十時）が過ぎた。

木戸番の庄八が、木戸番屋から出て来て表の掃除を始めた。

由松は、町木戸の陰から見守った。

庄八は、町木戸を開けた後、出掛ける事もなく眠った。

由松は、庄八の動きを読んだ。

「おう。御苦労さん……」

雲海坊が、由松の背後に現われた。

「おはようございます……」

由松は、雲海坊を迎えた。

「変わった事は……」

雲海坊は、木戸番屋の表を掃除している庄八を見守った。

「あれから一歩も外に出ずに寝て、今起きたようですぜ」

由松は、見張りの交代に緊張感を失ったのか大きな欠伸をした。

「そうか。じゃあ交代だ。笹舟に帰って腹拵えをして一寝入りしてきな」

「承知。じゃあ、御免なすって……」

由松は、雲海坊に会釈をして立ち去った。

雲海坊は見送り、木戸番屋の表の掃除をしている庄八を見守った。


一刻程が過ぎた。

木戸番の庄八は、自身番の家主や店番《たなばん》に頼まれて町の雑用を片付けた。そして、厳しい面持ちで辺りを窺い、足早に木戸番屋を出た。

何処に行く……。

様子と足取りからみて雑用じゃあない……。

雲海坊は、饅頭笠《まんじゆうがさ》を被り直して木戸番の庄八を追った。


神楽坂には多くの人が行交っていた。

木戸番の庄八は、神楽坂を足早にあがった。

雲海坊は追った。

庄八は、神楽坂をあがりながらも背後を振り返った。

尾行者を警戒している……。

雲海坊は、物陰伝いに慎重に尾行た。

庄八は神楽坂をあがり、善國寺門前を通って肴町に曲がった。

雲海坊は追った。

庄八は、肴町の通りを進んで古い店の脇の路地に入った。

雲海坊は、物陰から見送った。

四

古い店は、『京扇堂』と云う扇屋だった。

脇の路地は、扇屋『京扇堂』の勝手口に続いている。

木戸番の庄八は、扇屋『京扇堂』を訪れたのだ。

雲海坊は見届けた。

木戸番の庄八が、扇屋『京扇堂』に勝手口から訪れたのは、主従関係のような拘わりがあるからなのかもしれない。

雲海坊は読んだ。

『京扇堂』は、どのような扇屋なのか……。

雲海坊は、扇屋『京扇堂』の周囲に聞き込みを掛けた。

扇屋『京扇堂』は、間口や店は狭いが高級な扇を扱っている格式の高い老舗《しにせ》であり、幾つかの大名旗本家の御用達《ごようたし》でもあった。そして、主の忠左衛門《ちゅうざえもん》とお内儀のおきぬ、娘のおさよと倅の忠七《ちゅうしち》、隠居の総兵衛《そうべえ》の主人家族と番頭や手代たち奉公人がいた。

木戸番の庄八は、扇屋『京扇堂』の誰に何の用があって来たのだ。

雲海坊は、扇屋『京扇堂』を窺った。

扇屋『京扇堂』は、老舗らしく静かに暖簾を微風に揺らしていた。

市ヶ谷御門外、市ヶ谷田町二丁目に愛敬稲荷社があった。

愛敬稲荷社の裏には土塀が廻され、雑草が生い茂っていた。

若い侍の死体は、土塀の傍の雑草の中に転がっていた。

和馬、弥平次、幸吉、勇次は、市ヶ谷田町二丁目の自身番の報せを受けて愛敬稲荷社に駆け付けた。

若い侍は、腹を滅多刺しにされて殺されていた。

「竹本倫之助さんと同じ手口のようですね」

弥平次は、若い侍の腹の傷を検めた。

「ああ。同じだな」

和馬は頷いた。

「仏さんの身体の固まり具合からみて、殺されたのは二、三日前ですか……」

弥平次は読んだ。

「二、三日前か……」

和馬は、土塀の外に連なっている旗本屋敷の屋根を眺めた。

旗本屋敷の向こうには浄瑠璃坂があり、佐原屋敷がある。

愛敬稲荷社と佐原真之丞の屋敷は遠くはない。

和馬は、己の睨みが当たっている予感がした。

「和馬の旦那、親分……」

幸吉が、佐原屋敷の中間を連れて来た。

「おう。呼び立てて済まないな、仏さんを見て貰おうか……」

和馬は中間に告げ、若い侍に掛けられた筵を捲った。

中間は、恐る恐る殺された若い侍の顔を覗き込んだ。そして、息を飲み、顔色を変えた。

「どうだい……」

幸吉は尋ねた。

「し、真之丞さまです」

中間は、嗄れ声を震わせた。

「間違いないね」

幸吉は念を押した。

「はい……」

中間は頷いた。

「和馬の旦那、親分……」

「うん。やっぱり佐原真之丞さんか……」

和馬は眉をひそめた。

殺された若い侍の身許は割れた。

「一昨日、竹本倫之助が殺された夜ですかね。佐原真之丞さんが殺されたのは……」

弥平次は睨んだ。

「きっとな……」

和馬は頷いた。

「和馬の旦那。もう一度、下平伝八郎さんに逢ってみますか……」

「そいつがよさそうだな……」

和馬と幸吉は、小日向の馬場の傍にある旗本の下平屋敷に向かった。

弥平次と勇次は、一昨日の夜の佐原真之丞と竹本倫之助の神楽坂からの足取りを探し始めた。


扇屋『京扇堂』は、店売りよりも贔屓客《ひいききやく》の屋敷を訪れる商いの方が繁盛している。

扇には、夏扇、白扇、舞扇、能扇、祝儀扇、茶扇など様々な種類があり、その製造には扇骨、上絵、折り、仕上げなど三十以上もの加工の工程がある。

雲海坊は見張った。

木戸番の庄八が、扇屋『京扇堂』の裏手に続く路地から出て来た。

雲海坊は、物陰に隠れて見守った。

庄八は、辺りに不審な者がいないのを見定め、来た道を足早に戻り始めた。

木戸番屋に帰るのか……。

それとも他を廻るのか……。

雲海坊は、庄八を追った。


小日向の馬場は閑散としていた。

和馬と幸吉は、下平屋敷を訪れて伝八郎に取次ぐように頼んだ。

「あの、伝八郎さまはお出掛けになっておりますが……」

下平屋敷の下男は、申し訳なさそうに告げた。

「何処に行ったかは……」

幸吉は、下男に尋ねた。

「確か、竹本倫之助さまの御屋敷に行くと仰っていましたが……」

下男は、困惑を浮かべた。

「竹本倫之助……」

下平伝八郎は、善國寺脇の路地で殺された竹本倫之助の屋敷に行った。

「牛込は裏山伏町ですね」

竹本屋敷は、牛込裏山伏町にあった。

「線香の一本でもあげに行ったのかな」

和馬は眉をひそめた。

「それとも倫之助さんを殺した奴を捜しに行ったのかも……」

幸吉は読んだ。

「そいつはあるまい」

和馬は、下平伝八郎が虚勢を張っているだけの臆病者なのを思い出した。

「そうですか。ま、とにかく竹本屋敷に行ってみますか……」

「うん……」

和馬と幸吉は、下男に礼を述べて牛込裏山伏町の竹本屋敷に急いだ。

弥平次と勇次は、一昨日の夜の竹本倫之助と佐原真之丞の足取りを探していた。

一昨日の夜、倫之助と真之丞は、屋敷に帰る下平伝八郎と別れてからどうしたのか……。

倫之助と真之丞の足取りは中々見付からなかった。

木戸番の庄八は、肴町の扇屋『京扇堂』から真っ直ぐ木戸番屋に戻った。

雲海坊は見届けた。

「雲海坊の兄貴……」

由松が、船宿『笹舟』から戻って来ていた。

「おう。戻っていたか……」

「ええ。庄八さん、何処に行っていたんですか……」

由松は、木戸番としての仕事に励んでいる庄八を眺めた。

「うん。肴町の京扇堂って扇屋に行って来たんだ」

「扇屋の京扇堂ですか……」

「ああ……」

「何しに行ったんですかね」

「さあな。よし、そいつを何とか突き止めて来る。由松は庄八さんを頼むぜ」

「承知しました」

「じゃあ……」

雲海坊は、庄八を見張る由松を残して肴町の扇屋『京扇堂』に急いだ。

牛込裏山伏町の竹本屋敷は、表門を閉じて喪に服していた。

和馬と幸吉は、竹本屋敷の下男の文造を呼び出した。

「これはお役人さま。倫之助さまを殺《あや》めた者、お縄になったのですか……」

文造は、和馬に尋ねた。

「いや。そいつは未だだが、こっちに下平伝八郎が来なかったかな」

「下平伝八郎さまですか……」

文造は、戸惑いを浮かべた。

「うん……」

「さあ、手前の知る限りでは、お見えにはなっていませんが……」

「来ていない……」

和馬は眉をひそめた。

「はい」

「文造さん、お前さんの知らない時に来たって事はありませんかい」

幸吉は訊いた。

「じゃあ、他の者たちにも聞いて来ます」

「お願いします」

文造は、竹本屋敷に戻った。

「下平伝八郎、此処に来ていないなら、何処に行ったかだ……」

「和馬の旦那。まさか……」

幸吉は戸惑った。

「ああ、佐原真之丞と同じって事はないだろうな」

和馬は、不吉な予感に襲われた。

下男の文造が戻り、他の奉公人たちも下平伝八郎を見掛けていないと告げた。

下平伝八郎は竹本屋敷に来てはいない……。

「和馬の旦那……」

幸吉は、緊張を漲らせた。

「ああ……」

和馬の不吉な予感は募った。

下平伝八郎は、小日向の屋敷から何処かに行ったのだ。

何処かに行ったとして、それは己の意志なのか、それとも何者かに強制されての事なのか……。

もし、何者かに強制されての事なら、伝八郎は倫之助や真之丞と同様な目に遭うかもしれない。

「どうします……」

幸吉は眉をひそめた。

「放っては置けぬが、捜そうにもどうやって捜すかだな」

「ええ。竹本屋敷に来ちゃあいないなら、佐原屋敷かも……」

伝八郎は、何らかの手立てで真之丞の死を知り、佐原屋敷に行ったのかもしれない。

和馬と幸吉は、浄瑠璃坂の佐原屋敷に急いだ。


肴町の扇屋『京扇堂』は、何事もなく商いを続けていた。

商いは、旦那の忠左衛門の指示の許、若旦那の忠七や番頭を中心に行なわれていた。

雲海坊は、扇屋『京扇堂』が見える茶店の老亭主に聞き込みを掛けた。

「そうですか。京扇堂、若旦那もしっかりしているのですか……」

雲海坊は、湯気の揺れる茶を飲んだ。

「そりゃあもう。商売熱心で真面目な人だそうですよ」

「それじゃあ、旦那さまと御隠居さまは何の心配もなく、京扇堂は万々歳ですね」

「それがお坊さま。世の中、何もかもが上手くいくなんて滅多にありませんでしてねえ」

老亭主は、扇屋『京扇堂』を眺めた。

「ほう。京扇堂、何か心配事でもあるのですかな」

「ええ。お嬢さんが子供の頃から身体が弱く、いつも床に伏せっていましてね。旦那さまやお内儀さま、そりゃあ御心配されていて……」

「それはお気の毒に。して、病はどのような」

「それが良く分らないのですが、十二月迄はお内儀さまに付き添われて高田馬場の向こうの江戸川の畔にある寮で養生していて、正月も過ぎたので、昨日、戻ったそうですよ」

扇屋『京扇堂』の娘おさよは、普段は高田馬場の寮で暮らしており、正月を看町の店で過ごした。そして、再び高田馬場の寮に帰ったのだ。

「高田馬場の向こうの江戸川の畔と云うと姿見橋の辺りですかね」

雲海坊は、高田馬場辺りを思い浮かべた。

「ええ。きっと……」

老亭主は頷いた。

「そうですか……」

雲海坊は、何故か娘のおさよが気になった。

「下平伝八郎が来た……」

和馬は眉をひそめた。

「はい。それで、真之丞さまが殺されていたと聞いて、血相を変えて神楽坂の方に行きました」

佐原屋敷の中間は眉をひそめた。

「神楽坂の方に……」

「はい……」

「和馬の旦那……」

和馬と幸吉は、漸く下平伝八郎の足取りを摑んだ。

「うん。伝八郎、その時、何か云ってはいなかったか……」

「確か、おのれ、狐憑きと……」

中間は首を捻り、自信なさげに告げた。

「狐憑き……」

和馬は眉をひそめた。

「和馬の旦那、倫之助さんと真之丞さん殺し、狐憑きの女が絡んでいるようですね」

「ああ。そして、伝八郎は倫之助の次に真之丞が殺されて狐憑きの女の正体に気付いたんだ。とにかく、神楽坂に行ってみよう」

「承知……」

和馬と幸吉は、神楽坂に走った。


弥平次と勇次は、竹本倫之助と佐原真之丞の足取りを探しあぐね、木戸番屋にやって来た。

「親分……」

勇次は、町木戸の陰から木戸番屋を見張っている由松を示した。

「うん。由松……」

弥平次は由松を呼んだ。

「こりゃあ親分、勇次……」

由松は、弥平次と勇次の許に駆け寄った。

「いるのか……」

弥平次は、木戸番屋を示した。

「はい」

「雲海坊は……」

「そいつが、木戸番の庄八さんが出入りをしている肴町の京扇堂って扇屋に……」

「肴町の京扇堂……」

「はい」

「木戸番の庄八さん、その京扇堂に出入りしているんだな」

「はい……」

「あっ。和馬の旦那、幸吉の兄貴……」

勇次は、和馬と幸吉がやって来たのに気が付いた。

「下平伝八郎は、竹本倫之助と佐原真之丞を殺したのが狐憑きだと云い、神楽坂に向かった……」

弥平次は、和馬の報せに眉をひそめた。

「ああ。伝八郎は狐憑きが神楽坂にいると思っている。神楽坂の何処かは分らないがな」

和馬は、微かな焦りを滲ませた。

「親分、肴町の京扇堂は拘りありませんかね」

由松は眉をひそめた。

「うむ……」

「何だ、京扇堂ってのは……」

和馬は、身を乗り出した。

「肴町にある扇屋でして、木戸番の庄八さんが出入りしているんです」

由松が告げた。

「和馬の旦那。行ってみますか……」

幸吉は、厳しさを滲ませた。

「うん。親分、俺と幸吉は肴町の京扇堂に行ってみる」

「分りました。京扇堂には雲海坊がいる筈です」

「心得た」

和馬と幸吉は、神楽坂を駆け上がって行った。

弥平次、由松、勇次は、木戸番の庄八を見張り続けた。

雲海坊は、茶店の奥から扇屋『京扇堂』を見張り続けた。

「何だ。あいつ……」

老亭主が、店先の掃除を終えて入って来た。

「どうかしたのかな……」

「うちの横の路地から京扇堂を窺っている若い侍がいるんですよ」

「若い侍……」

雲海坊は眉をひそめた。

「あっ、あいつですよ」

老亭主は、扇屋『京扇堂』に向かって行く若い侍を指差した。

若い侍は、腰の刀を握り締めていた。

危ない野郎……。

雲海坊の勘が囁いた。

下平伝八郎が扇屋『京扇堂』に入ろうとした時、荷物を担いだ手代が出て来た。

「いらっしゃいませ」

手代は、慌てて身を退いて伝八郎に頭を下げた。

伝八郎は、手代を乱暴に押さえ付けた。

「な、何をします」

手代は押さえ付けられ、声を引き攣らせた。

「おさよはいるか……」

伝八郎は、怒りを露《あらわ》にして手代を締め上げた。

「お、お嬢さまは……」

「どうした……」

『京扇堂』から出て来た番頭や手代たちが、伝八郎の形相に驚いて立ち竦んだ。

「おさよはどこだ」

伝八郎は、刀を抜いて手代に突き付けた。

手代は蹲《うずくま》り、恐怖に震えた。

刹那、錫杖《しやくじよう》が唸《うな》りをあげて伝八郎に振り下ろされた。

伝八郎は、咄嗟に跳び退いた。

雲海坊が、手代を庇《かば》うように錫杖を構えて立ちはだかった。

「邪魔するな、坊主」

伝八郎は、雲海坊に斬り掛かろうとした。

呼子笛が鳴り響いた。

伝八郎は狼狽えた。

「何をしている。下平伝八郎」

和馬と幸吉が、怒鳴りながら駆け寄って来た。

雲海坊は、若い侍が下平伝八郎だと知った。

伝八郎は逃げた。

「待て……」

雲海坊は追った。

幸吉が続いた。

和馬は、蹲っている手代を助け起こした。

「怪我はないか……」

「は、はい……」

手代は、震えながら頷いた。

下平伝八郎は、肴町の裏通りから路地を逃げた。

雲海坊と幸吉は追った。

伝八郎は、路地から武家屋敷街に逃げ込んだ。

雲海坊と幸吉は、武家屋敷街の辻で立ち止まり、辺りを窺った。

伝八郎の姿は、武家屋敷街の辻の何処にも見えなかった。

「伝八郎の野郎……」

幸吉は、悔しさを露にした。

「奴が下平伝八郎だったのか……」

雲海坊は、息を弾ませた。

「ああ。伝八郎、何をしていたんだい」

幸吉は眉をひそめた。


扇屋『京扇堂』の主の忠左衛門は、手代と共に和馬を座敷に招いて礼を述べた。

「いや、礼なら止めに入ってくれた托鉢坊主に云うのだな」

「は、はい……」

「して、あの侍、お前さんに何と云っていたんだい」

和馬は、手代に尋ねた。

「そ、それが良く分らないのでして……」

手代は、主の忠左衛門を気にするようにして、言葉を濁した。

「分らない……」

「はい」

手代は、強張った面持ちで頷いた。

「そうか……」

和馬は眉をひそめた。


和馬は、扇屋『京扇堂』を出た。

斜向かいの茶店の老亭主が寄って来た。

「神崎さまですね、お坊さまがお待ちです……」

老亭主は、和馬を茶店の奥に誘った。

お坊さまとは雲海坊の事だ。

和馬は、老亭主に続いた。

茶店の奥には、幸吉と雲海坊がいた。

「おう……」

「和馬の旦那、逃げられてしまいました」

幸吉は告げた。

「そうか。京扇堂の主の忠左衛門、伝八郎の云った事を隠していやがる」

和馬は苦笑した。

「和馬の旦那、下平伝八郎は手代に、おさよはいるかと訊いていました」

雲海坊は告げた。

「おさよ……」

和馬は、戸惑いを浮かべた。

「はい。京扇堂の娘です……」

雲海坊は、『京扇堂』の主一家の分った事を和馬に報せた。


神楽坂に夜が訪れた。

外濠牛込御門前には様々な屋台が並び、狐憑きの若い女を見物しようと云う者たちが訪れていた。

木戸番の庄八は、腰に提灯を差して夜廻りを始めた。

弥平次、由松、勇次は、夜廻りをする庄八を見守った。

狐憑きの若い女を見物しに来た者は、数人ずつに別れて神楽坂を彷徨き始めた。
肴町の扇屋『京扇堂』は大戸を閉め、番頭を始めとした通いの奉公人たちは帰った。
下平伝八郎が現われるかもしれない……。
和馬、幸吉、雲海坊は、茶店を借りて見張り続けた。
刻が過ぎ、夜は更けた。
木戸番の庄八が、神楽坂から足早にやって来た。
庄八は、辺りを警戒しながら扇屋『京扇堂』の裏手に続く路地に入って行った。
和馬、幸吉、雲海坊は見守った。
追って来ている弥平次、由松、勇次も、暗がりの何処かから庄八を見張っている筈だ。
僅かな刻が過ぎた。
扇屋『京扇堂』の路地から、白い打掛けを頭から被った人影が現われた。
狐憑きの若い女……。
和馬、幸吉、雲海坊は緊張した。

白い打掛けを頭から被った人影は、辺りの様子を窺って神楽坂に向かった。

幸吉と雲海坊は、追い掛けようとした。

「待て……」

和馬は制した。

幸吉と雲海坊は戸惑った。

黒い着物の男が、菅笠を目深に被って扇屋『京扇堂』の路地から現われ、白い打掛けを被った人影を追った。


白い打掛けを被った人影は、神楽坂の上に佇んだ。

下平伝八郎が闇から現われ、白い打掛けの人影に駆け寄った。

白い打掛けの人影は伝八郎に気付き、逸早く行願寺の境内に逃げ込んだ。

伝八郎は追った。


白い打掛けの人影は、行願寺の境内の暗がりに追い詰められた。

「お前が狐憑きの若い女を装い、倫之助と真之丞を誘き寄せて殺したか……」

伝八郎は、人影の白い打掛けを剝《は》ぎ取った。

打掛けが翻り、音が鳴った。

刹那、菅笠を目深に被った男が現われ、匕首《あいくち》を構えて伝八郎に体当たりした。

伝八郎は、己の脇腹に突き刺された匕首を呆然と見詰め、その場に尻から座り込んだ。

白い打掛けを取られた人影は、木戸番の庄八だった。

「死ね……」

菅笠を目深に被った男は、匕首を尚も伝八郎に突き刺そうとした。

「そこ迄だ」

和馬の声が境内に響き、龕燈《がんどう》の明かりが集中された。

菅笠を目深に被った男は怯み、庄八は立ち竦んだ。

和馬、弥平次、雲海坊、そして龕燈を手にした幸吉、由松、勇次が取り囲んでいた。

「扇屋京扇堂忠左衛門だね」

和馬は、菅笠を目深に被った男を見据えた。

菅笠を被った男は、その場に両膝を突いて頷いた。

京扇堂忠左衛門だった。

「お役人さま、親分さん。旦那さまは、旦那さまは……」

庄八は、必死の面持ちで訴えようとした。

「庄八……」

忠左衛門は、厳しい面持ちで制した。

「だ、旦那さま……」

庄八は、哀しげに項垂れた。

「神崎さま、私が竹本倫之助と佐原真之丞を殺めました」

忠左衛門は、和馬を正面から見詰めた。

「忠左衛門、詳しい事は大番屋で聞かせて貰うよ」

和馬は、笑みを浮かべて頷いた。

南町奉行所の片隅にある梅の木は、赤い花を幾つか咲かせ始めていた。

「そうか。京扇堂忠左衛門。去年、竹本倫之助、佐原真之丞、下平伝八郎に因縁を付けられて金を強請《ゆす》り取られたのを恨み、狐憑きの女の騒ぎに乗じて殺したと云うのか……」

久蔵は眉をひそめた。

「はい。木戸番の庄八の手を借りて……」

和馬は告げた。

「忠左衛門と庄八の拘りは……」

「それなのですが、庄八は木戸番になる以前、忠左衛門にいろいろ世話になり、恩人だと……」

「恩人か……」

「はい。それで、庄八が狐憑きの女を装って倫之助や真之丞を誘き出し、忠左衛門が刺し殺したそうです」

「その辺に間違いはないのか……」

「はい。辻褄は合っています」

「そうか……」

「ですが秋山さま。金を強請り取られたぐらいで、格式の高い老舗の主が人を殺しますかね」

「殺した理由には、姿見橋の寮にいる娘のおさよが絡んでいるか……」

久蔵は読んだ。

「はい。忠左衛門、娘のおさよは何の拘りもないと云っていますが、明日にでもおさよのいる寮に行ってみようかと……」

「和馬、おそらくお前の睨みの通りだろう」

久蔵は、小さな笑みを浮かべた。

「秋山さま……」

和馬は、久蔵の小さな笑みに戸惑った。

「しかし、お目付の榊原采女正《さかきばらうねめのしょう》さまの話では、竹本倫之助と佐原真之丞の父親、倅共を病死と公儀に届け出ているそうだ」

「病死……」

「ああ。やっとうの心得のない五十歳過ぎの町方の親父に、刀を抜きもしないで殺されたのは武門の恥辱。それに事を荒立てたら倅共の悪行が暴かれ、下手をすればお家断絶で切腹。そいつを恐れての病死の始末だ」

久蔵は苦笑した。

「じゃあ……」

「おそらく、命を取り留めた下平伝八郎の父親も、倅は酒に酔って怪我をしたとでもするだろうな」

「忠左衛門と庄八は……」

「殺された者がいなければ、殺した者はいないって事だ」

「では、事件はなかったと……」

「そう云う事になるな。だが、和馬。たとえ殺しの事件はなくても、真相は突き止めなければならねえ」

「はい……」

「御苦労だが、おさよに逢ってみてくれ。手柄にはならねえがな」

「心得ました」

和馬は頷いた。

「和馬、何もかも狐憑きの若い女の祟《たた》りかもしれねえな」

久蔵は微笑んだ。


刻は過ぎた。

狐憑きの若い女の噂は、神楽坂からいつの間にか消え去っていた。

第三話

花見酒

一

弥生――三月。

雛祭りが終って桃の花が散ると、桜の季節になる。

江戸の桜の花の名所は、上野寛永寺、飛鳥山、御殿山、向島の堤、小金井堤などがあり、花見時には大勢の花見客で賑わう。

八丁堀岡崎町にある秋山屋敷には、木刀を振るう大助の幼い気合いが響いていた。

「如何《いかが》ですか……」

香織は、身繕いをしながら産婆のお鈴《すず》に尋ねた。

「はい。順調にお育ちですよ」

お鈴は、お福の仕度してくれた手水桶《ちょうずおけ》の水で手を洗い、手拭で拭いながら告げた。

「そうですか……」

香織は微笑んだ。

「ようございましたね、奥さま。これで姫様《ひいさま》でしたら秋山家は万々歳にございますよ」

お福は、肥った身体を揺らした。

「お鈴さん、宜しければ夕餉《ゆうげ》など如何ですか」

香織は誘った。

「お誘いはありがたいのですが、今月が産み月の方がおりましてね。これから御伺いしなければならないのです」

浪人の娘のお鈴は、小石川養生所で修業した産婆であり、大助も無事に取り上げて香織やお福の信頼は絶大だった。

「あらま。それはお忙しい事で……」

お福は、露骨に落胆した。

「それじゃあ、お鈴さん。産み月の方が無事にお産を終えたらゆっくり遊びに来て下さいな」

香織は笑った。

「はい。必ず……」

お鈴は、笑顔で頷いた。

香織は、お鈴を表門迄見送りに出た。

「お鈴先生……」

木刀を持った大助が、庭先から駆け寄って来た。

「大助さま。いつもお元気ですね」

お鈴は笑い掛けた。

「はい……」

大助は頷いた。

「元気過ぎて、もう与平じゃあ手に負えないんですよ」

香織は苦笑した。

「お鈴先生、赤ん坊は男ですか、女ですか……」

大助は、真剣な面持ちで尋ねた。

「さあ、それは、赤ん坊が生まれなきゃあ分らないんですよ」

お鈴は、云い聞かせた。

「そうか。分らないのか……」

大助はがっかりした。

「大助さまは、男がいいのですか……」

「ううん。おいら、女の赤ん坊がいい」

「あら、どうしてですか……」

「だって、女の赤ん坊だったら母上やばばちゃんが喜ぶし、おいらも可愛がってあげるんだ……」

大助は、そう云って庭先に戻り、再び気合いをあげて木刀を振り始めた。

「お優しいんですね、大助さまは……」

「幼い子供ですからねえ……」

香織とお鈴は、木刀を振るう大助を優しく見守った。

大助の幼い気合いが響いた。


大川は永代橋《えいたいばし》の下を抜け、江戸湊《えどみなと》に流れ込んでいる。

永代橋の西詰めには船番所があり、遠島の仕置が下された重罪人を送る流人船が出ていた。流人船の船尾には、白木綿に『るにんせん』と平仮名で書かれた幟《のぼり》が立っていた。そして、船番所には赦免船も着いた。

赦免船は、将軍家の慶事や法要などで遠島の罪を赦免された者たちが江戸に戻って来る船である。

岡っ引の柳橋の弥平次は、手先の勇次を伴って永代橋の船番所にいた。

船番所には赦免船が着き、罪を赦免された者たちが最後の手続きをしていた。

弥平次は、五年前に人を殺して大島に島流しになった板前の丈吉《じようきち》を待っていた。

五年前、板前の丈吉は言い交わした仲の娘を襲った無頼の浪人を殺した。本来なら死罪だが、南町奉行所吟味方与力秋山久蔵は情状を酌量して大島に遠島の仕置に処し、毎年赦免嘆願書を出していた。そして、丈吉は五年と云う異例の早さで赦免され、江戸に戻って来たのだ。

丈吉は、小さな風呂敷包みを持って船番所から出て来た。

「丈吉……」

弥平次は、笑顔で丈吉を迎えた。

「柳橋の親分さん……」

丈吉は、戸惑った面持ちで立ち止まり、弥平次を見詰めた。

「お勤めご苦労さん、先ずは目出度い、良かったな」

弥平次は、丈吉が無事に戻って来たのを喜んだ。

「はい。ありがとうございます」

丈吉は、深々と頭を下げた。

「まあ、飯でも食べよう」

「はい……」

弥平次は、丈吉を北新堀町の蕎麦屋に誘った。

弥平次は、丈吉を伴って蕎麦屋の座敷にあがり、酒と天麩羅《てんぷら》蕎麦を振る舞った。

丈吉は、頭を下げて礼を述べ、酒を飲んで天麩羅蕎麦を食べた。

「それで丈吉、今夜は何処に泊まるんだ」

「はい。とにかく、橋場の常楽寺に行こうと思っています」

丈吉は、手にしていた猪口を置いた。

「そうか、先ずはおっ母さんの墓参りだな」

弥平次は、丈吉が大島に遠島された翌年に病で死んだ母親およしを思い浮かべた。

およしの病死を報された弥平次は、入谷の町役人と相談し、その遺体を丈吉の父親の墓のある浅草橋場の常楽寺に葬った。

丈吉は、その母親およしの墓参りに行くつもりだ。

「はい。何処に泊まるかは未だ決めちゃあおりません」

丈吉の住んでいた入谷の長屋は、およしが死んだ時に引き払われていた。

江戸に親類縁者のいない丈吉に泊まる処はない筈だ。

「そうか。もし、良かったら俺の処に来るんだな」

弥平次は誘った。

「ありがとうございます」

丈吉は、弥平次に深々と頭を下げた。

「ささ、飲むが良い……」

弥平次は、丈吉に酒を勧めた。


半刻が過ぎた。

弥平次は、丈吉と蕎麦屋を出た。

「じゃあ、気を付けて行きな」

「はい。親分さん、今日はありがとうございました」

丈吉は、小さな風呂敷包みを抱えて浅草橋場の常楽寺に向かった。

弥平次は見送った。

「親分……」

待っていた勇次が、蕎麦屋から出て来た。

「聞いての通りだ。無事に橋場の常楽寺に行くか見届けてくれ」

「承知しました」

勇次は、丈吉を追った。

弥平次は見送り、大川に架かっている永代橋を深川に向かった。

永代橋には大勢の人たちが行き交い、南側には眩しく煌めく江戸湊が広がっていた。


永代橋から浅草橋場に行くには、大川沿いを北に遡《さかのぼ》れば良い。

丈吉は、浅草広小路を横切って花川戸町を進んだ。そして、山谷堀に架かっている今戸橋を渡り、今戸町から橋場に向かった。

勇次は、充分に距離を取って慎重に尾行た。

丈吉は何処にも寄らず、真っ直ぐ常楽寺に行く……。

勇次は読んだ。

常楽寺境内の桜の木の蕾《つぼみ》は、僅かに綻《ほころ》び始めていた。
丈吉は、何事もなく常楽寺に着き、庫裏を訪れた。
勇次は見届けた。
僅かな刻が過ぎた。
丈吉が、老住職や小坊主と共に庫裏から出て来た。
勇次は、素早く物陰に隠れた。
丈吉、老住職、小坊主は、裏の墓地に向かった。
勇次は追った。

老住職の読経は、墓地に朗々と響いた。
およしの墓に供えられた線香は、煙りを揺らしながら昇らせていた。
丈吉は瞑目し、およしの墓の前に跪《ひざまず》いて手を合わせていた。
勇次は見守った。
丈吉の眼尻から涙が零れ、頬を伝って滴り落ちた。

老住職の読経は続き、陽は西に大きく傾いていった。

南町奉行所は夕陽に照らされていた。

書類を片付けていた久蔵は、弥平次が来たのを報された。

「おう。通って貰いな」

久蔵は招いた。

弥平次は、用部屋の敷居際に控えた。

「柳橋の、遠慮は無用だ」

久蔵は、弥平次を手焙《てあぶ》りの傍に招いた。

「はい……」

弥平次は膝を進めた。

「して、変わりはなかったかい、丈吉……」

久蔵は、弥平次が赦免された丈吉を迎えに行ったのを知っていた。

「はい。五年前と同じで無口ですが、取り立てて荒《すさ》んでいる様子は感じませんでした」

「そいつは良かった。して……」

「先ずは母親のおよしの墓参りに行くと申しまして、浅草橋場の常楽寺に行きました。勇次が後を……」

弥平次は、丈吉の様子と動きを報せた。

「そうか……」

「はい」

「で、おふみの処に行くとは云っていなかったのか……」

久蔵は訊いた。

「丈吉、おふみの事は何も訊いては来ませんでした」

弥平次は眉をひそめた。

おふみとは、かつて丈吉と言い交わした仲の娘だ。

五年前、丈吉はおふみを手込めにしようとした無頼の浪人と争い、半殺しにされながらもその息の根を止めた。

そして、丈吉は久蔵に捕らえられた。

久蔵は、丈吉の情状を酌量して死罪ではなく遠島の仕置を下し、赦免の嘆願書を公儀に差し出し続けた。

「ほう。おふみの事は何も尋ねなかったのかい……」

久蔵は、微かな戸惑いを過ぎらせた。

「はい……」

「既に何処でどうしているのか知っているんじゃあねえだろうな」

久蔵は、厳しさを過ぎらせた。

丈吉は命を懸け、己が人殺しになる原因になったおふみを忘れる筈はない。そして、おふみが今、何処でどうしているのか知りたくない筈はない。

「手前もそう思って深川に行き、おふみの様子を覗いて来ました。ですが、おふみに変わった様子は窺えませんでした」

「そうか……」

「はい。ま、おふみの処には明日、行くかもしれません。ですので、丈吉が今夜、何処に泊まるか見届けるよう、勇次に言い付けてあります」

「うむ……」

久蔵は頷いた。

用部屋の障子は、いつの間にか夕陽に赤く染まっていた。

柳橋の船宿『笹舟』は軒行燈を灯していた。

「ほう。丈吉、常楽寺に泊まるのか……」

弥平次は、戻って来た勇次の報せを聞いた。

「はい。母親の墓参りを終えた後、小坊主と薪割《まきわ》りをしたり、井戸端で野菜を洗ったりしていました。それで、きっと……」

勇次は読んだ。

「泊まるか……」

元料理屋の板前だった丈吉にとり、寺の夕食作りなどは造作もない事だ。

「違いますかね」

「いや。俺もそう思う。だが、晩飯を食べて他に行くかもしれねえ。よし、勇次、台所で腹拵えをして屋根船の仕度をしろ」

「張り込みますか……」

「うむ。で、お糸に夜食と酒を用意して貰って積み込め。七輪と蒲団も忘れずにな。俺は幸吉を呼ぶ」

弥平次は、勇次に幸吉と交代しながら丈吉を見張るように命じた。

「承知しました」

勇次は台所に行き、弥平次は幸吉を呼んだ。

僅かな刻が経った。

幸吉と勇次は、屋根船に乗って大川の浅草橋場の船着場に急いだ。

大川に映えた月影は、流れに大きく揺れていた。


浅草橋場の船着場から常楽寺は近い。

幸吉と勇次は、屋根船を船着場に舫《もや》って常楽寺に急いだ。


常楽寺の井戸端では、丈吉が夕食で使った鍋や食器を洗っていた。

幸吉と勇次は、丈吉がいるのを見定めた。

丈吉は、洗った鍋や食器を笊に入れて庫裏に戻った。

「さあて、このまま泊まるのか、何処かに行くのか……」

「ええ……」

「よし。一刻交代だ。先ずは俺が見張る。勇次、お前は屋根船で一寝入りしろ」

幸吉は指図した。

「合点です。じゃあ……」

勇次は、船着場の屋根船に戻った。

幸吉は、常楽寺の庫裏を見詰めた。

庫裏の黄ばんだ腰高障子には、灯された小さな明かりが映えていた。

翌朝早く、丈吉は常楽寺の境内の掃除をし、掃き集めた落葉に火を付けた。

落葉は燃え、煙りが揺れながら立ち昇った。

勇次は見守った。

丈吉は、井戸端で朝食の仕度を始めた。

「まるで寺男だな……」

幸吉が、勇次の背後にやって来た。

「ええ。ひょっとしたら丈吉、このまま常楽寺の寺男に落ち着く気ですかね」

勇次は首を捻った。

「さあな、取り敢えず両親の供養を済ませる迄、いるのかも知れないぜ」

幸吉は読んだ。

「そうか……」

「ま、今日一日、動きを見ていりゃあ、分るだろう」

「はい……」

幸吉と勇次は、井戸端で朝飯を作っている丈吉を見張った。

深川五間堀《ごけんぼり》は、本所竪川《たてかわ》と深川小名木川《おなぎがわ》を南北に結ぶ六間堀と繋《つな》がっている。萬徳山弥勒寺《みろくじ》の横を流れる五間堀沿いを進むと伊予橋があり、その西詰めに三間町があった。

雲海坊は、伊予橋の袂から三間町の裏通りに見える大きな銀杏《いちょう》の木に眼を細めた。

大きな銀杏の木の下には、古い長屋の木戸があり、由松が駆け出して来た。

「どうだった……」

「はい。おふみ、子供を連れて出て来ます」

「よし……」

雲海坊と由松は、伊予橋の袂から古い長屋の木戸を窺った。

風呂敷包みを抱えた女が、五歳程の幼い女の子の手を引いて古い長屋の木戸から出て来た。

おふみだ……。

雲海坊は、五年前に無頼の浪人殺しでお縄になった丈吉に泣きながら縋ったおふみを思い出した。

おふみは、手を繫いだ女の子と笑顔で言葉を交わしながら北森下町の通りに向かった。

幼い女の子は、握ったおふみの手を大きく振りながら楽しげに歩いた。

雲海坊と由松は尾行た。

「おふみの子ですか……」

由松は眉をひそめた。

「いや。今、隣りに住んでいる夏目左内《なつめさない》さんって黄楊櫛《つげぐし》作りの浪人さんの子で、おみよちゃんだ」

雲海坊は弥平次に命じられ、丈吉が遠島になってからのおふみを見守っていた。

おふみは、丈吉が遠島になってから引っ越した。引っ越し先の長屋には、黄楊櫛作りを生業《なりわい》にしている浪人夏目左内と幼いおみよ父子がいた。

左内は穏やかな男であり、妻に先立たれて男手一つで幼いおみよを育てていた。

おみよはおふみに懐き、おふみはおみよを可愛がった。

雲海坊と由松は、夏目左内とおみよ父子と親しく付き合っていた。

おふみは、夏目左内とおみよ父子と親しく付き合っていた。

おふみとおみよは、四つ辻に出て五間堀に架かっている弥勒寺橋に向かった。

弥勒寺橋を渡ると萬徳山弥勒寺の前に出る。

弥勒寺門前には、老夫婦の営む古い茶店があった。

おふみは、丈吉が遠島になって以来、老夫婦の古い茶店で働いていた。そして、今では古い茶店の商いを任されていた。

おみよは、おふみが働いている間、茶店の老夫婦と弥勒寺の境内で遊んでいた。

おふみは古い茶店の大戸を開け、湯を沸かして開店の仕度を始めた。

おみよは、老夫婦を相手に遊んだ。

「穏やかなもんですねえ」

由松は微笑んだ。

「ああ……」

雲海坊は頷いた。

丈吉は、おふみが他の男と親しく付き合っているのをどう思うのか……。

雲海坊は、丈吉の出方に微かな不安を覚えた。

二

常楽寺の本堂からは、老住職の読経が響いていた。

幸吉と勇次は見張り続けた。

丈吉は、朝飯の片付けを終え、昼飯の仕度をして常楽寺から出て来た。

「出て行くんですかね」

勇次は眉をひそめた。

「丈吉、荷物はないのか……」

「いえ。風呂敷包みを……」

丈吉は、菅笠を被っているだけで風呂敷包みは持っていなかった。

「又、戻って来るつもりですね」

勇次は読んだ。

「そうか……」

幸吉は頷いた。

丈吉は、隅田川沿いの道を浅草広小路に向かった。

幸吉と勇次は追った。

丈吉は、浅草今戸町の今戸橋を渡って日本堤を西に向かった。

山谷堀沿いの日本堤を西に行くと吉原があり、尚も進むと奥州街道裏道の下谷三之輪町に出る。奥州街道裏道を寛永寺に進むと入谷になる。

丈吉は、入谷鬼子母神《きしもじん》脇の長屋の木戸に佇んだ。そして、菅笠をあげて懐かしげに長屋を眺めた。

「この長屋に何の用なんですかね」

勇次は首を捻った。

「昔、丈吉やおふみが住んでいた長屋だよ」

「そうなんですか……」

幸吉と勇次は、長屋を眺めている丈吉の後ろ姿を見守った。

丈吉の後ろ姿は、泣いているのか微かに震えていた。

不忍池の畔の桜の蕾は綻び始めていた。

丈吉は、料理屋『水月』の前に佇んだ。

料理屋『水月』の表では、下足番の老爺《ろうや》が掃除をしていた。

丈吉は、下足番の老爺に駆け寄って何事かを尋ね始めていた。

「何を訊いているんですかね」

「きっと、おふみの事だろう」

「おふみの事……」

勇次は眉をひそめた。

「ああ。おふみは丈吉がお縄になった時、水月で仲居をしていたんだ」

おふみは、『水月』で仲居をしていた時に無頼の浪人に言い寄られて断った。

無頼の浪人は怒り、おふみを襲った。

「そうだったのですか……」

「うん……」

幸吉は頷いた。

下足番の老爺は、困惑したように首を横に振った。

丈吉は肩を落し、下足番の老爺に礼を云って踵を返した。

「どうしたんですかね」

「きっと、下足番の父っつぁん、おふみが今何処で何をしているか知らないと云ったんだろうな」
幸吉は読んだ。
丈吉は料理屋『水月』から離れ、不忍池の畔に佇んだ。
鬼子母神脇の長屋……。
不忍池の畔の料理屋『水月』……。
丈吉は、おふみの痕跡を探している……。
幸吉と勇次は知った。
気の早い桜の花片《はなびら》が、風に吹かれて不忍池の水面に舞い散った。

下谷広小路は行き交う人で賑わっていた。
丈吉は菅笠を目深に被り、連なる店の軒下を通って上野新黒門町に足早に進んだ。
幸吉と勇次は尾行た。
丈吉は、小間物屋の前に差し掛かった。
刹那、小間物屋から手代が突き飛ばされて出て来た。
丈吉は、咄嗟に躱《かわ》した。

手代は倒れ込んだ。

「どうした……」

丈吉は、手代に声を掛けた。

「退け」

髭面《ひげづら》の浪人が小間物屋から現われ、丈吉を乱暴に押し退けようとした。

丈吉は、素早く退いた。

行き交う人々が、眉をひそめて立ち止まった。

幸吉と勇次は見守った。

髭面の浪人は、倒れている手代の胸倉を鷲摑《わしづか》みにして引き摺《ず》りあげた。

「お、お許しを……」

手代は、半泣きで詫びた。

「黙れ。手前、俺の顔を見て笑ったな」

「違います。笑っちゃあいません。笑顔でお迎えしただけです」

手代は、必死に告げた。

「御浪人さま、手代に悪気はありません。どうかお許しを。これでお許しを……」

小間物屋から現われた番頭が、髭面の浪人に紙包を渡した。

髭面の浪人は、紙包を開けて金を検め、腹立たしげに番頭に投げ付けた。

「こんな端金《はしたがね》で勘弁出来るか……」

髭面の浪人は怒鳴り、番頭を殴り飛ばした。

番頭は悲鳴をあげて倒れた。

髭面の浪人は、倒れた番頭を蹴飛ばした。

「兄貴……」

「俺が行く、勇次は丈吉をな」

「はい……」

幸吉は、勇次を残して止めに入ろうとした。

次の瞬間、再び番頭を蹴飛ばそうとした髭面の浪人が突き飛ばされて無様に倒れ込んだ。

幸吉と勇次は戸惑った。

「下手な強請集《ゆすりたか》り、いい加減にしな……」

丈吉は、倒れた髭面の浪人を見下ろした。

「お、おのれ、下郎……」

髭面の浪人は、己を突き飛ばしたのが丈吉だと知り、怒りと恥ずかしさに塗れて襲い掛かった。

丈吉は躱し、店先にあった箒の柄で髭面の浪人の向う臑《ずね》を打ち払った。

乾いた音が鳴り、髭面の浪人は打ち払われた向う臑を抱えて蹲った。

丈吉は、髭面の浪人の顔《え》を蹴り飛ばした。

髭面の浪人は、仰向けに倒れて気を失った。

見守っていた人々は笑った。

「縛りあげて、強請集りだと役人に突き出すんだな」

丈吉は、小間物屋の番頭と手代に告げて上野新黒門町に向かった。

「兄貴……」

「うん……」

幸吉と勇次は、再び丈吉を尾行た。

丈吉は、上野新黒門町の手前を湯島天神裏門坂道に曲がった。

幸吉と勇次は追った。

「勇次……」

幸吉が、緊張を滲ませた。

「はい……」

勇次は戸惑った。

「あの派手な半纏の野郎、丈吉を尾行ているようだ」

幸吉は、丈吉の後を行く派手な半纏の男を示した。

派手な半纏の男は、丈吉と一定の距離を保ち、足取りの間を合せていた。

「ええ。尾行ていますね」

勇次は頷いた。

「さあて、見覚えのある面なんだが、何処の誰だったか……」

幸吉は眉をひそめた。

丈吉は、湯島天神に向かっていた。


湯島天神は参拝客で賑わっていた。

丈吉は、菅笠を取って拝殿の前に進み、手を合せた。

派手な半纏の男は、石灯籠の陰から丈吉を見張った。

幸吉と勇次は見守った。

参拝を終えた丈吉は、菅笠を目深に被って足早に湯島天神を出た。

派手な半纏の男は、丈吉を尾行た。

幸吉と勇次は続いた。

丈吉は、来た道を戻り始めた。

「橋場の常楽寺に帰るようだな」

幸吉は睨んだ。

「ええ。いいんですか、丈吉の居場所を知られて……」

勇次は眉をひそめた。

「いや。そうはさせねえ……」

幸吉は、厳しさを滲ませた。


丈吉は、再び下谷広小路の賑わいに踏み込んだ。

派手な半纏の男は、人込みに丈吉を見失わないように距離を詰めた。

「おう。待ちな」

幸吉が、派手な半纏の男を呼び止めた。

派手な半纏の男は、幸吉の顔を見て慌てて人込みを逃げた。

勇次は追った。

幸吉は見届け、丈吉を追った。

派手な半纏の男は、幸吉の顔を見て慌てて逃げた。

野郎、俺の素性を知っている……。

幸吉は、そう思いながら下谷広小路の雑踏を急いだ。

やがて、山下に向かう丈吉の姿が見えた。

幸吉は、丈吉を尾行た。


派手な半纏の男は、下谷広小路を迂回して不忍池の畔を進み、谷中に向かった。

勇次は追った。

派手な半纏の男は、谷中八軒町の一軒の店に入った。

勇次は見届けた。

店の腰高障子には、丸に〝清〟の一文字が書かれていた。

丸清か……。

勇次は〝丸清〟がどんな店か、周囲に聞き込みを掛けた。

〝丸清〟は、浪人あがりの清蔵《せいぞう》と云う男が貸元の博奕打ち一家だった。そして、派手な半纏の男は、清蔵配下の博奕打ちの平六《へいろく》だと分った。

丈吉は、博奕打ちの貸元の清蔵と平六たちと何らかの拘りがあるのだ。

拘りは秘かに後を尾行るものであり、決して真っ当なものではない。

勇次は読み、聞き込みを続けた。


弥勒寺門前の茶店には、墓参りに来た客が訪れていた。

茶店は茶や団子などの他に、仏花や線香なども売っていた。

おふみは、老夫婦と共に客の相手をしていた。そして、おみよは遊びと手伝いに忙しく過ごしていた。

雲海坊と由松は見守った。

「やあ。おみよ……」

着流しの痩せた中年浪人が、風呂敷包を背負ってやって来た。

「あっ、父上……」

おみよは、痩せた中年浪人に駆け寄った。

痩せた中年浪人は、おみよを抱き上げた。

「おふみさんたちの云う事を聞いて良い子にしていたか……」

「うん……」

おみよは大きく頷いた。

「お帰りなさい。さあ、お茶でも……」

おふみは、痩せた中年浪人を笑顔で迎えた。

「いつも忝い……」

「いいえ。おみよちゃんはとっても良い子ですから……」

痩せた中年浪人は、礼を述べて背負っていた荷物を降ろし、縁台に腰掛けて茶を飲み始めた。

「夏目左内さんですかね……」

由松は、痩せた中年浪人を示した。

「ああ……」

雲海坊は頷いた。

「如何でした、田中屋さんは……」

おふみは、左内に尋ねた。

「お陰さまで全部の櫛を引き取って貰い、次の仕事の材料も預かってきた」

左内は出来た黄楊櫛を櫛問屋『田中屋』に納め、新たな仕事を請負って来たのだ。

左内の担いで来た風呂敷包には、木取りされて燻《いぶ》され、数年間寝かされた黄楊の櫛の材料が入っている。

「良かったですねえ」

おふみは喜んだ。

「ああ。いつもおみよを預かって貰い、櫛作りに集中出来るからだ。本当に礼を申す。鶏肉を買って来た。今夜は鳥鍋にしよう」

左内は、おふみに告げた。

「はい。じゃあ、帰りに白菜や豆腐なんかを買っていきます」

「うん。葱《ねぎ》と椎茸《しいたけ》は未だあったな」

左内は、思い出すように告げた。

「ええ……」

おふみは、左内やおみよと楽しげに話をした。

「まるで夫婦、家族のようですね」

由松は、戸惑いを浮かべた。

「うむ……」

雲海坊は頷いた。

おふみと左内は、互いに惹《ひ》かれあっているのに違いない。だが、一緒にならず、親しい隣人の状態を続けている。
何故だ……。
雲海坊は眉をひそめた。
おふみ、左内、おみよは、楽しげな笑い声をあげた。
浅草橋場の常楽寺は、墓参りや住職に用のある者が僅かに訪れた。
丈吉は、豆腐を買って常楽寺に帰って来た。
幸吉は見届けた。
丈吉は、おふみを捜していた。
おふみを捜し出してどうするのか……。
所帯を持つのが望みなのか……。
幸吉は、丈吉の腹の内を推し測った。
丈吉は薪を割り、井戸端で夕食の仕度を始めた。
今日はもう動かない……。
幸吉は見定めた。
陽は西に傾いた。

大川の流れは夕陽に煌めいた。

柳橋の船宿『笹舟』は花見の時期が近付き、伝八《でんぱち》たち船頭が船の手入れに忙しかった。

「おう。伝八の親方、精が出るな」

塗笠に着流しの久蔵が、柳橋の上から屋根船の手入れをしている伝八に声を掛けた。

「こりゃあ、秋山さま。今年も奥さまや与平さん、お福さんと花見に行きましょうや」

「ああ。その時は宜しく頼むぜ」

久蔵は笑った。

「合点承知……」

伝八は、大仰《おおぎょう》に頷いた。

久蔵は、船宿『笹舟』の暖簾を潜った。

弥平次は、久蔵を座敷に誘った。

「して、丈吉はどうしている……」

「常楽寺の境内の掃除をしたり、飯を作ったり、まるで寺男のようだと……」

「寺男か……」

常楽寺の寺男になるのならそれも良い……。

久蔵は、丈吉の行く末を思った。

「親分、幸吉です……」

幸吉が、座敷の外にやって来た。

「おう、入りな」

「御免なすって……」

幸吉は、座敷に入って来て久蔵に挨拶をした。

「で、どうだ。丈吉は……」

久蔵は促した。

「はい。今日はおふみの住んでいた長屋や奉公していた料理屋に行き、湯島天神に御参りして常楽寺に戻りました」

「って事は、おふみを捜しているのか……」

久蔵は読んだ。

「きっと……」

　幸吉は頷いた。

「やはりな……」

「おふみの為に人殺しになり、島流しに迄なった。そして、漸く帰って来た。捜さない事はありませんか……」

　弥平次は、丈吉の腹の内を読んだ。

「ああ……」

　久蔵は頷いた。

「それから秋山さま、派手な半纏の野郎が丈吉を尾行ました」

　幸吉は、緊張した面持ちで報せた。

「丈吉を……」

　久蔵は眉をひそめた。

「はい。それで、尾行を止めさせ、勇次が追ったのですが。派手な半纏の野郎、昔何処かで見た面でして、野郎もあっしの顔を見て慌てましてね。ま、勇次が戻れば、何処の誰か分る筈です」

「秋山さま……」

「うむ。ひょっとしたら、丈吉が殺した浪人に拘りがある者かもしれぬ」

久蔵は読んだ。

僅かな刻が過ぎ、雲海坊が戻って来た。

雲海坊は、おふみの様子を詳しく報せた。

「夏目左内におみよか……」

「はい。長屋の隣同士に住んでいて、まるで家族のような……」

雲海坊は苦笑した。

「夏目左内、浪人のようだが、生業は何だ」

「黄楊櫛を作っています」

「ほう、黄楊櫛作りか……」

「はい。夏目は男鰥《おとこやもめ》で、男手一つで五歳程の幼い娘を育てていましてね。おふみは、その幼い娘、おみよってんですが、そりゃあ可愛がっていましてね。おみよもおっ母さんのように懐いて……」

雲海坊は、笑みを浮かべた。

「雲海坊、おふみと夏目左内、男と女の仲なのか……」

久蔵は、厳しさを過ぎらせた。

「ま、あっしの見た処、お互いに惹かれあっているようですが、男と女の仲とは思えません」

雲海坊は、微かな困惑を浮かべた。

「そうか……」

久蔵は、おふみと夏目左内に逢ってみたくなった。

「只今、戻りました」

勇次が帰って来た。

「御苦労だったな、勇次。派手な半纏の野郎の素性、分ったか……」

「はい。平六って博奕打ちでして、谷中の博奕打ちの貸元、清蔵の身内です」

勇次は告げた。

「谷中の清蔵……」

幸吉は、博奕打ちの貸元谷中の清蔵を知っていた。

「はい……」

「親分……」

「ああ……」

「柳橋の。谷中の清蔵、何者だ」

「はい。五年前、おふみを襲い、丈吉に殺された浪人、菅谷《すがや》清次郎《せいじろう》の兄貴です」

弥平次は、緊張を露にした。

「菅谷清次郎の兄貴だと……」

久蔵は眉をひそめた。

三

博奕打ちの平六は、五年前に貸元清蔵の弟清次郎を殺した丈吉に出逢い、行き先を突き止めようとした。だが、幸吉に邪魔をされたのだ。

「清蔵、弟の清次郎を殺して島流しになった丈吉が赦免され、江戸に戻ったのを知ったって訳か……」

久蔵は読んだ。

「はい。清蔵、丈吉が江戸に戻ったのを知ってどうするか……」

弥平次は、微かな不安を過ぎらせた。

「清蔵は執念深い野郎です。弟の清次郎を殺された恨みを晴らそうとしますぜ」

幸吉は睨んだ。

「あっしもそう思います」

雲海坊は頷いた。

「秋山さま……」

弥平次は、久蔵の判断を仰いだ。

「よし。幸吉、勇次、引き続き丈吉に張り付け。柳橋の、貸元の清蔵の動きを探ってくれ」

久蔵は命じた。

「心得ました。雲海坊、由松を呼び戻せ。おふみはお前一人で見張ってくれ」

弥平次は手配りした。

「承知しました」

雲海坊は頷いた。

「いいかい、みんな。漸く御赦免になった丈吉を博奕打ちに殺させる訳にはいかねえ。万一の時は容赦は無用だ」

久蔵は、不敵に云い放った。

幸吉と勇次は、浅草橋場の常楽寺にいる丈吉を見張ると共に、貸元の清蔵配下の博奕打ちが現われるのを警戒した。

弥平次と由松は、谷中の博奕打ちの貸元の清蔵の様子を窺った。

谷中八軒町の清蔵の店は、平六たち博奕打ちが忙しく出入りしていた。

「清蔵、手下共に丈吉を捜させているな」

弥平次は睨んだ。

「はい。きっと、丈吉を見掛けた下谷広小路から湯島天神辺りを捜し、清次郎を殺された恨みを晴らそうって魂胆ですか……」

由松は読んだ。

「ああ。おふみを襲った清次郎が、丈吉に殺されたのは自業自得だ。それなのに恨みを晴らそうとはな」

弥平次は苦笑した。

博奕打ちたちの出入りは続いた。

弥平次と由松は、清蔵の動きを見張った。見張りは、もし丈吉が捕らわれて来た時、直ぐに助ける用意でもあった。

弥勒寺門前の古い茶店では、僅かな客がのんびりと茶を飲んでいた。

おふみは、忙しく仕事をしていた。

おみよは、楽しげにおふみの手伝をしていた。

「おふみにおみよか……」

久蔵は、塗笠をあげておふみとおみよを見守った。

「ええ。まるで母子ですよ」

雲海坊は、笑みを浮かべた。

「うむ……」

久蔵は、おふみの様子を見守った。

おふみは、おみよに優しげな声を掛け、幸せそうに笑っていた。

穏やかな暮らし……。

今、おふみは自分の望み通りの暮らしをしているのかも知れない。

久蔵は、不意にそう思った。

そうしたおふみの前に、島帰りの丈吉が現われたらどうなるのか……。

久蔵は、微かな困惑を覚えた。

銀杏長屋の夏目左内の家からは、糸鋸《いとのこ》で櫛の歯を引く音が微かにしていた。

左内は、糸鋸で丁寧に櫛の歯を引いていた。

「夏目さん……」

腰高障子に人影が映った。

「竜一郎《りゅういちろう》か……」

「はい。御免……」

若い浪人の松沢《まつざわ》竜一郎が、息を荒く鳴らして入って来た。

「どうした」

「申し訳ありませんが、金を貸してはくれませんか……」

「金……」

「はい。儲け話があるので必ず返せます。ですから一朱ほど、お貸し願いたい」

竜一郎は、左内に頭を下げた。

「貸すのは良いが、儲け話とは何だ」

「島帰りの丈吉と云う者を捕らえて博奕打ちの谷中の清蔵に引立てれば十両、斬り棄てれば五両、貰えるのです」

竜一郎は、嬉しげに笑った。

「島帰りの丈吉だと……」

左内は眉をひそめた。

「ええ。何でも五年前に清蔵の弟を殺し、遠島になったんですが、御赦免になって江戸に戻って来たとか。それで、清蔵が弟の恨みを晴らすと……」

「そうか。して、丈吉は今、何処に……」

「夏目さん、そいつが分れば、清蔵は賞金など懸けませんよ」

竜一郎は戸惑った。

「そうか。そうだな……」

左内は苦笑し、竜一郎に一朱金を貸した。

「忝うございます。必ずやお返しします。では、御免……」

竜一郎は、一朱金を握り締めて駆け出して行った。

「島帰りの丈吉。丈吉が帰って来たか……」

左内は、おふみに聞いた話を思い出し、厳しい面持ちで糸鋸を握り締めた。


弥勒寺の鐘が、未《ひつじ》の刻八つ（午後二時）を告げた。

おふみは客の相手をし、おみよは手伝いに飽きて遊んでいた。

久蔵と雲海坊は、弥勒寺の境内から見守っていた。

「秋山さま、変わった事もないようです。後は引き受けますので、お引き取り下さい」

雲海坊は勧めた。

「うむ。雲海坊……」

久蔵は、茶店に向かって来る中年の浪人を示した。

「夏目左内さんです」

雲海坊は告げた。

「うむ……」

久蔵は、夏目左内を見守った。

「父上……」

おみよが、左内に駆け寄った。

「あら……」

おふみは、微笑んで夏目を迎えた。

「ちょいと気分を変えにな。茶を貰おうか」

「はい。只今……」

おふみは、茶店の奥に茶を淹《い》れに行った。

左内は、縁台に腰掛けて周囲を鋭い眼差しで見廻した。
久蔵と雲海坊は、素早く物陰に隠れた。
左内は、気付かなかったのか、おふみの持って来た茶を黙って飲み始めた。
「秋山さま……」
雲海坊は、微かな緊張を過ぎらせた。
「うむ……」
左内の鋭い眼差しは、不審な者を捜すものだった。
警戒している……。
左内は、おふみの身辺に不審な者が潜んでいないか警戒している。
久蔵は気が付いた。
それは丈吉が御赦免となって江戸に戻って来たのを知っているからなのか……。
もし、そうなら何処で知ったのだ。
久蔵は、茶を飲んでいる左内を見詰めた。
夏目左内は、茶を飲み終えて茶店を出た。
そして、境内にいる久蔵と雲海坊を鋭く一瞥し、五間堀に架かる弥勒寺橋に向かった。

誘っている……。

「雲海坊、おふみを頼む」

「秋山さま……」

雲海坊は、不安を過ぎらせた。

「心配無用だ」

久蔵は微笑んだ。

「はい……」

雲海坊は頷いた。

久蔵は、左内を追った。


五間堀の流れは緩やかだった。

夏目左内は、五間堀に架かっている弥勒寺橋に佇んでいた。

久蔵は近付いた。

「島帰りの丈吉が現われるのを待っているのか……」

左内は、久蔵を谷中の清蔵と拘りのある賞金狙いの浪人だとみた。

「それもあるが、おふみが今、どのような暮らしをしているのか見定めたくてな」

久蔵は、小さな笑みを浮かべた。

「おぬし……」

左内は、久蔵が谷中の清蔵と拘りはないと気付いた。

「私は秋山久蔵……」

久蔵は笑い掛けた。

「秋山久蔵どの……」

左内は、戸惑いを浮かべた。

五年前、丈吉の情状を汲んで遠島の仕置に処した南町奉行所吟味方与力だ。

「うむ。夏目左内さんだね」

「如何にも……」

「何故、丈吉が赦免されたのを知っている」

「私の知り合いの浪人が来ましてね。博奕打ちの谷中の清蔵が、島帰りの丈吉を捕らえて引立てれば十両、斬り棄てれば五両の賞金を懸けたと云いましてね」

「で、丈吉が赦免になり、江戸に戻って来たのを知ったか……」

「ええ。五年前の仔細はおふみから聞いていますので……」

「おふみ、丈吉が江戸に戻った事は……」

「あの様子を見る限り、知らないでしょう」

「おふみ、丈吉が江戸に帰って来るのを待っているのかな」

「秋山どの、私はおふみに一緒になって欲しいと頼みました。ですが、おふみは一緒にはなれないと……」

「断られたか……」

「ええ……」

　左内は苦笑した。

　おふみは、夏目左内の求婚を断っていた。

「だが、私たちが見た限り、おぬしたち父子とおふみは、仲の良い家族、親子三人にしか見えず、おふみもおぬしたちとの穏やかな暮らしを願っているとしか思えぬが……」

　久蔵は眉をひそめた。

「おふみは、いつ帰るか分らない、いや、帰って来られるかどうかも分らない丈吉を待っている。それは、自分の為に人を殺めて遠島になった丈吉に対する、おふみの精一杯の真心なのかもしれぬ」

左内は、淋しげに五間堀の緩やかな流れを見詰めた。

「それで左内さん、おぬし、丈吉が現われたらどうする」

「さあて、どうするか。早々に一緒になれと勧めるか、丈吉を秘かに始末して谷中の清蔵に賞金を貰うか……」

左内に微かな殺気が過ぎった。

「そして、おふみに丈吉を待つ虚しさを報せ、所帯を持つか……」

久蔵は、左内の微かな殺気に秘められた意味を読んだ。

「私にしてみれば、それが一番の上策かもしれぬ……」

左内は、小さな笑みを浮かべた。

久蔵は、左内の小さな笑みに哀しさと虚しさを見た。

弥勒寺門前の茶店から、おみよの楽しげな笑い声が響いた。


丈吉は、住職や小坊主と昼飯を済ませ、菅笠を目深に被って常楽寺を出た。

おふみを捜しに行くのか……。

幸吉と勇次は、丈吉を追った。

入谷鬼子母神脇の長屋、不忍池の畔の料理屋『水月』、下谷広小路の茶店……。

丈吉は、おふみの昔の知り合いを捜しては、おふみの居場所を尋ね歩いた。しかし、おふみの居場所を知る者は、容易に見付からなかった。

丈吉は、尚もおふみの昔の知り合いを尋ね歩いた。

「辛抱強い奴ですね」

勇次は感心した。

「毎日生きるしかやる事のない島暮らしに較べれば、おふみ捜しは楽しいのかもな」

幸吉は、丈吉を哀れんだ。

「幸吉の兄貴……」

勇次は、いつの間にか丈吉を追っている浪人と博奕打ちがいるのに気が付いた。

「浪人と博奕打ち、きっと谷中の清蔵の息の掛かった野郎共ですぜ」

勇次は睨んだ。

「ああ。間違いない」

幸吉は頷いた。

「どうします」

「浪人と博奕打ちの出方を見てからだ……」

幸吉と勇次は、丈吉と尾行る浪人、博奕打ちを追った。
陽は大きく西に傾いた。
丈吉は、下谷広小路から山下に抜け、入谷の田畑の間の道を浅草に向かった。
入谷の田畑の間の道に人影はなかった。
「勇次、浪人と博奕打ちが動く」
幸吉は、緊張を滲ませた。
勇次は、懐の鎖打棒《くさりうちぼう》を握り締めた。
鎖打棒は、一尺弱の短鉄棒の先に二尺弱の鎖が付いた捕物道具だ。
風が吹き抜け、田畑の緑が大きく揺れた。
浪人と博奕打ちは、先を行く丈吉に猛然と駆け寄った。
「島帰りの丈吉、一緒に来て貰うぜ」
浪人と博奕打ちは、怒声をあげて丈吉に襲い掛かった。
丈吉は、振り返り態に匕首を一閃した。
博奕打ちは、大きく仰け反って倒れた。
その頬は横一文字に斬られ、血が流れた。

博奕打ちは、己の頬から流れる血に激しく狼狽え、悲鳴をあげて駆け去った。
「おのれ……」
浪人は、丈吉に猛然と斬り掛かった。
丈吉は後退《あとずさ》りした。
浪人は、刃風を唸らせて丈吉に迫った。
丈吉は後退し、足を取られて倒れた。
「此迄だ……」
浪人は、嘲笑を浮かべて丈吉に斬り付けようとした。
刹那、勇次が鎖打棒の鎖を廻しながら飛び込んで来た。
浪人は、辛うじて鎖を躱して、必死に体勢を立て直そうとした。
幸吉が、十手を唸らせて浪人に殴り掛かった。
浪人は必死に躱し、後退した。
「幾ら田舎道とは云え、昼日中に段平《だんびら》を振り廻すとは、何処の田舎者だ」
幸吉と勇次は、嘲りを浮かべて猛然と浪人に打ち掛かった。
浪人は、身を翻して逃げようとした。
勇次が鎖打棒を振るった。

鎖打棒の鎖の先の分銅が、浪人の尻に鋭く食い込んだ。

浪人は、悲鳴をあげて倒れた。

幸吉は浪人を十手で打ちのめし、勇次が縄を打った。

「幸吉の兄貴……」

勇次は、丈吉がいつの間にか立ち去っているのに気が付いた。

「ま、いい。行き先は分っている」

幸吉は苦笑した。


「よし、谷中の清蔵の息の掛かっている博奕打ち共、妙な真似をしたら容赦なくお縄にして大番屋に叩き込んでやれ」

久蔵は、嘲笑を浮かべた。

「心得ました」

弥平次と由松は、嬉しげに頷いた。

「よし。俺も助太刀するぜ」

南町奉行所定町廻り同心の神崎和馬は、谷中の清蔵の邪魔をする企《くわだ》てに乗った。

和馬、弥平次、由松は、谷中の清蔵一家の博奕打ちたちを追い廻した。

清蔵は苛立った。

浅草橋場の常楽寺は、特に変わった事もなく静かな時が流れていた。

住職と小坊主は、時折やって来る檀家《だんか》の相手をした。

丈吉は、住職や訪れた檀家に忙しく茶を淹れていた。

幸吉と勇次の見た処、丈吉は寺男の仕事をそつなくこなしていた。

夜の帳《とばり》が下り、常楽寺は山門を閉めた。


深川三間町の木戸番は、拍子木を打ち鳴らして戌の刻五つ（午後八時）の夜廻りをして行った。

銀杏長屋の家々には、小さな明かりが灯されて子供たちの笑い声が洩れていた。

おふみは、夏目左内の家で夕食を食べ、おみよを連れて自宅に戻った。

四半刻が過ぎた。

おふみの家の明かりが消え、夏目の家から左内が出て来た。

雲海坊は、木戸から見守った。

左内は何処かに出掛ける……。

雲海坊は、左内が刀を手にしているのを見定めた。
左内は、刀を腰に差して銀杏長屋を出た。
雲海坊は追った。

大川の流れに月影が揺れた。
左内は、本所竪川を渡って大川沿いを吾妻橋《あづまばし》に向かった。
何処に行くのだ……。
雲海坊は、慎重に尾行た。
左内は、吾妻橋を渡って浅草に進んだ。そして、浅草から下谷に急いだ。
谷中八軒町は、酔客たちで賑わっていた。
左内は、八軒町の博奕打ちの貸元、清蔵の店の前に佇んだ。
何をする気だ……。
雲海坊は見守った。
「雲海坊……」
弥平次と由松が、物陰から現われた。

「こりゃあ親分、由松……」

「夏目左内さんかい……」

弥平次は、清蔵の店の前に佇んでいる夏目左内を示した。

「ええ。何をしに来たのか……」

雲海坊は眉をひそめた。

「まさか、丈吉に懸けられた賞金を狙ってんじゃあないでしょうね」

由松は読んだ。

夏目左内は、清蔵の店に入って行った。

「親分……」

雲海坊は、戸惑いを浮かべた。

丈吉を斬れば賞金が入り、おふみは義理立てを続ける必要はなくなる……。

弥平次は厳しさを滲ませた。

四

南町奉行所の桜の木は六分咲きになった。

「して、夏目左内、四半刻ほど清蔵の処にいたのか……」

久蔵は訊いた。

「はい。で、清蔵の処の三下をちょいと脅したんですが、夏目さん、丈吉を斬れば五両貰えるのは間違いないな、と念を押しに来たそうですよ」

弥平次は眉をひそめた。

「そうか……」

久蔵は、夏目左内の腹の内を読んだ。

丈吉を斬れば五両の金が入り、おふみを自責の念から解き放つ事が出来る。

左内の狙いはそこなのか……。

久蔵は、疑念を募らせた。

「して、夏目は帰ったのだな」

「はい。間違いないとの清蔵の言質を取って、深川三間町の長屋の家に帰ったのを雲海坊が見届けています」

「ならば、夏目は昨夜、わざわざ谷中の清蔵に念押しに行った訳か……」

「はい。そうなりますね」

弥平次は眉をひそめた。

「何か気になる事でもあるのか……」

「いえ。夏目さん、本当は違う用があって行ったんじゃあないかと……」

弥平次は、穏やかな眼を鋭く光らせた。

「違う用か……」

「はい……」

弥平次は頷いた。

「柳橋の。実は俺もそう思っていてな」

久蔵は、小さな笑みを浮かべた。

弥勒寺門前の茶店からは、線香の煙りが流れた。

武家の老夫婦が、火の付いた線香の束と花を持って茶店から現われ、弥勒寺に入って行った。

「ありがとうございます」

おふみは、武家の老夫婦を見送った。

「邪魔をする」

塗笠を被った着流しの武士が、茶店の縁台に腰掛けた。

「いらっしゃいませ」

「茶を貰おう」

「はい。只今……」

おふみは、茶を淹れに茶店の奥にはいった。

着流しの武士は、塗笠を取った。

久蔵だった。

「お待たせ致しました」

おふみが、久蔵に茶を持って来た。

「うむ……」

「秋山さま……」

おふみは、着流しの武士が秋山久蔵だと気が付いた。

「暫くだな、おふみ……」

久蔵は笑い掛けた。

五年前、久蔵は丈吉の無頼浪人殺しの詮議の時、おふみの取調べをしていた。

「御無沙汰しております。その節はお世話になりました」

「いや。おふみ、達者でなによりだ」

「はい、お陰さまで……」

「おふみは、緊張を過ぎらせた。

「おふみ、長屋の隣りに住んでいる浪人父子と親しいそうだな」

久蔵は、不意に尋ねた。

「は、はい……」

おふみは、久蔵が夏目左内とおみよ父子を知っているのに戸惑いながらも頷いた。

「子供のおみよはお前を母親のように慕い懐き、お前もまるで我が子のように可愛がっている。そして、おみよの父親は、お前を後添えに望んだ。だが、お前はそいつを断った」

「秋山さま、私は、私は……」

おふみは、哀しげに項垂れた。

左内の後添えになり、おみよの母親になりたい……。

哀しげに項垂れたおふみは、心の中でそう叫んでいる。

久蔵は、おふみの気持ちを知った。

「断ったのは、丈吉が自分の為に人を殺して遠島になったのに、義理立てしての事かな」

「秋山さま、私だけ幸せにはなれません。丈吉さんを人殺しの島流しにして、私だけ幸せにはなれないのです」

おふみは、涙を溢れさせた。

「やはり、そうか……」

五年の歳月は、おふみに新しい世間を教え、丈吉に対する義理を重くしていた。

「秋山さま、丈吉さんは達者にしているのでしょうか……」

おふみは、溢れる涙を拭った。

「うむ。きっとな……」

久蔵は、丈吉が赦免されて江戸に戻っている事を教えなかった。

「おばちゃん……」

おみよが、真新しい風車を廻しながら茶店の老亭主と弥勒寺の境内から戻って来た。

おふみは、素早く涙を拭った。

「風車、おじいちゃんに買って貰ったの……」

おみよは、おふみに風車を見せた。

「いつもすみません……」

おふみは、老亭主に頭を下げた。

「いやいや……」

老亭主は笑った。

これ迄だ……。

久蔵は、潮時を見定めた。

「茶代を置くぞ……」

久蔵は、縁台に茶代を置いて立ち上がった。

「あっ。ありがとうございます」

おふみは、立ち去って行く久蔵を見送った。

茶店を出た久蔵は、五間堀に架かっている弥勒寺橋に向かった。

弥勒寺橋の袂には、雲海坊がいた。

「如何でした……」

雲海坊は眉をひそめた。

「うむ。五年の月日は、人の気持ちを変えても不思議はない」

久蔵は、淋しげに笑った。

「じゃあ、おふみは……」

雲海坊は、おふみの心が既に夏目左内に傾いているのに気付いた。

「うむ。だが、おふみは丈吉に義理立てしている……」

「気の毒に……」

雲海坊は、おふみに同情した。

「うむ……」

久蔵は、おふみを哀れんだ。

茶店の前では、おみよが風車を翳して楽しげに走り廻っていた。

浅草橋場の常楽寺から、住職が小坊主を伴って出掛けて行った。

丈吉は山門で見送り、庫裏の脇に戻って薪割りを始めた。

幸吉と勇次は見張った。

着流しの久蔵が、塗笠を目深に被ってやって来た。

「勇次、秋山さまだ……」

「はい」

幸吉と勇次は、久蔵を見守った。

久蔵は、塗笠をあげて幸吉と勇次を一瞥し、常楽寺の境内に入って行った。

幸吉と勇次は、常楽寺の山門に走った。


「秋山さま……」

丈吉は、呆然とした面持ちで薪を割る手を止めた。

「丈吉、無事に江戸に帰れて何より。先ずはめでたい」

久蔵は喜んだ。

「何もかも秋山さまのお陰にございます」

丈吉は、久蔵に深々と頭を下げた。

「いや。それより丈吉、おふみを捜しているのか……」

「は、はい……」

丈吉は、微かな緊張を滲ませた。

「して、おふみの行方、分ったのか……」

「いいえ。秋山さまは御存知なのですか……」

「うむ……」

「そうですか。御存知なのですか。で、おふみは達者で暮らしているのですか」

「ああ……」

「良かった。で、秋山さま、おふみはもう誰かと所帯を持っているのですか……」

「いいや……」

久蔵は、首を横に振った。

「やっぱり……」

丈吉は、吐息を洩らした。

「やっぱり……」

久蔵は、哀しげに眉をひそめた。

「秋山さま、おふみはあっしに義理立てして好きな人が出来ても所帯を持たないでいるのです。おふみはそんな女なんです」

丈吉は、おふみを良く知っていた。

「丈吉、おふみはお前の睨み通り、好きな男がいる。男は浪人で、黄楊櫛作りを生業とし、幼い女の子がいてな。おふみは我が子のように可愛がり、女の子も母親のように懐いている。だが、おふみは、自分だけ幸せにはなれないと頑《かたく》なに後添えを断っている」

「秋山さま、おふみに伝えて下さい。丈吉は島で病に罹《かか》って死んだ。だから、さっさと忘れろと伝えて下さい」

「丈吉……」

久蔵は、厳しさを過ぎらせた。

「あっしが死ねば、あっしさえいなくなれば、おふみは義理立てする相手もいなくなり、自由の身になれる筈です。お願いにございます、秋山さま……」

丈吉は、土下座して頼んだ。

久蔵は、おふみに対する丈吉の深い思いを知った。

「丈吉、お前の気持ちは良く分った」

「秋山さま……」

「丈吉、菅谷清次郎の兄の博奕打ちの貸元清蔵が、お前に賞金を懸けている。暫く此処から出ないで大人しくしているのだな」

久蔵は、丈吉に厳しい面持ちで告げた。

「秋山さま……」

幸吉と勇次が、常楽寺から出て来た久蔵に駆け寄った。

「常楽寺で大人しくしていろと伝えたが、おそらく動くだろう。眼を離すな」

久蔵は命じた。

「承知しました」

幸吉と勇次は頷いた。


弥勒寺門前の茶店に客はなく、おふみたちも奥に入っていた。

雲海坊は、弥勒寺橋の袂から見張っていた。

夏目左内が、刀を腰に差してやって来た。

おふみやおみよに用があって来た……。

雲海坊は、弥勒寺橋の袂に身を潜めた。

左内は、弥勒寺橋を渡り、茶店におふみやおみよがいないのを見定め、足早に通り過ぎて行った。

何処に行く……。

雲海坊は戸惑った。

左内は、茶店の前を抜けて本所竪川に向かって行く。

よし……。

雲海坊は、左内を追った。

谷中八軒町の清蔵の店は、博奕打ちや三下たちが和馬、弥平次、由松たちに些《さ》細《さい》な罪で引立てられて鳴りをひそめていた。

博奕打ちの貸元清蔵は、焦り苛立っていた。そして、島帰りの丈吉への怒りは消える筈もなく、一段と燃え上がっていた。

丈吉を捕らえて来れば十両、殺せば五両……。

清蔵の触れは、博奕打ちや遊び人、無頼の浪人たちに広がっていた。

和馬と由松は、八軒町を見廻って清蔵一家の博奕打ちたちの動きを検めていた。

弥平次は、近くの一膳飯屋の窓の障子を僅かに開けて清蔵の店を見張っていた。

「どうだ……」

久蔵が、一膳飯屋に入って来た。

「こりゃあ、秋山さま……」

弥平次は、窓辺から離れて久蔵を迎えた。

「清蔵、少しは鳴りを潜めたか……」

「はい。ですが、丈吉に懸けた賞金はそのままですよ」

「清蔵の野郎……」

賞金がそのままでは、博奕打ちや無頼の浪人は丈吉を狙い続ける。

久蔵は、腹立たしさを覚えた。

弥平次は、窓の障子の隙間を覗き、やって来る夏目左内と雲海坊に気が付いた。

「秋山さま……」

久蔵は、窓の障子の隙間を覗いた。

左内は何しに来たのだ……。

久蔵は眉をひそめた。

左内は、清蔵の店に入って行った。

雲海坊は見送り、辺りを見廻した。

「呼んで来ます」

弥平次は、雲海坊を呼びに行って一膳飯屋に連れて来た。

「秋山さま……」

「御苦労だな。して、夏目は何しに来たのだ」

「そいつは分りませんが、おふみに内緒で此処に来たようです」

雲海坊は、厳しさを滲ませた。

「おふみに内緒でな……」

久蔵は、或る予感に襲われた。

「はい。ひょっとしたら夏目左内、丈吉の居場所を知り、賞金目当てに清蔵に報せに来たのかもしれません」

雲海坊は睨んだ。

「いや。雲海坊、夏目はおそらく別の用を片付けに来たのかもしれない」

久蔵は、左内の腹の内を読んだ。

「別の用ですか……」

雲海坊は眉をひそめた。

「ああ……」

久蔵の不安は募った。


丈吉は動いた。

菅笠を目深に被った丈吉が、筵で巻いた細長い物を入れた竹籠を担いで常楽寺を出た。

幸吉と勇次は追った。

丈吉は、田畑の間の田舎道を通って下谷に向かった。

幸吉と勇次は、慎重に尾行た。

「行き先、谷中の清蔵の処かもな」

幸吉は、丈吉の行き先を読んだ。

「ええ……」

幸吉と勇次は、下谷に急ぐ丈吉を追った。


清蔵の店から、夏目左内が出て来る事はなかった。

久蔵は、和馬と由松に夏目左内が清蔵の処で何をしているのか探らせた。

和馬と由松は、清蔵の店の三下を秘かに締め上げた。

夏目左内は、清蔵の店で用心棒の浪人たちと酒を飲みながら、丈吉の居場所の報せが来るのを待っている。

丈吉の居場所が割れれば、夏目は用心棒の浪人たちと捕まえに行き、清蔵の前に引き据える役目なのだ。

「夏目左内、清蔵に雇われたか……」

久蔵は苦笑した。

「ええ……」

和馬は頷いた。

「和馬、その三下に金を握らせ、清蔵の店の中での事を逐一報告させるのだな」

久蔵は命じた。


僅かな刻が過ぎた。

菅笠を目深に被った男が、竹籠を背負ってやって来た。

久蔵、弥平次、雲海坊は見守った。

幸吉と勇次が、菅笠を目深に被った男の後ろから来た。

「丈吉か……」

久蔵、弥平次、雲海坊は、菅笠を被った男を丈吉だと見定めた。

丈吉は竹籠を背中から降ろし、筵で巻いた細長い物を持って清蔵の店に入った。

久蔵は、弥平次や雲海坊と一膳飯屋を出た。

「丈吉だ。島帰りの丈吉だ……」

博奕打ちたちは騒然とした。

貸元の清蔵は、夏目と用心棒たちを従えて現われ、土間に佇んでいる丈吉を見下ろした。

丈吉は菅笠を取り、暗い眼で框《かまち》にいる清蔵を見上げた。

「手前が清蔵か……」

「丈吉……」

「俺の首に賞金を懸けたそうだな」

丈吉は、嘲りを浮かべた。

「ああ。殺せ、丈吉をぶち殺せ」

清蔵は怒鳴った。

博奕打ちと用心棒が土間に飛び降り、丈吉を取り囲んで刀や匕首を抜いた。

「やるか……」

丈吉は、筵を巻いた長脇差を抜いた。

「これ迄だな、貸元……」

「ああ……」

清蔵は、残忍な笑みを浮かべて振り返った。

刹那、夏目左内が清蔵を抜き打ちに斬った。

清蔵は、悲鳴をあげて仰け反り倒れた。

博奕打ちと用心棒は驚き、狼狽えた。

丈吉は戸惑った。

「丈吉、清蔵は斬った。急ぎ、立ち去れ……」

左内は、丈吉に微笑み掛けた。

「お、お前さん……」

丈吉は困惑した。

「清蔵の馬鹿な逆恨みに従う者は私が斬り棄てる。尤も清蔵が死ねば、賞金の話は有耶無耶《うやむや》になるがな」

左内は、血の滴る刀を提げて笑った。

「その通りだ。最早、丈吉を捕らえようが斬ろうが、賞金は出ねえな」

久蔵が、弥平次と雲海坊を従えて笑いながら入って来た。

和馬、幸吉、由松、勇次が裏から現われた。

夏目左内と丈吉は驚いた。

博奕打ちと用心棒は狼狽し、慌てて刀や匕首を戻した。

和馬と幸吉は、倒れている清蔵を検めた。

「秋山さま……」

和馬は眉をひそめ、久蔵に顔を横に振って見せた。

清蔵は絶命していた。

「よし、谷中の清蔵は馬鹿な逆恨みを企んで死んだ。それに文句のある者は、大番屋でじっくり話を聞いてやる。文句のない者は、早々に此処から立ち去り、何もかも忘れるのだ」

久蔵は、博奕打ちと用心棒たちに告げた。

博奕打ちと用心棒たちは、そそくさと清蔵の店から出て行った。

丈吉と夏目左内が残った。

「さあ、夏目さん、何故に清蔵を斬ったのか大番屋で聞かせて貰おう」

「承知した」

夏目は、懐紙で刀を拭って鞘《さや》に納めた。

「和馬、柳橋の。清蔵の死体の始末を頼む」

「心得ました」

「幸吉、勇次、丈吉を送ってやってくれ」

「あ、秋山さま……」

丈吉は戸惑った。

「丈吉、こっちの夏目左内さんは、最初からお前を助けるつもりだったようだ」

久蔵は苦笑した。

「夏目左内さま……」

丈吉は、左内を見詰めた。

左内は、久蔵に伴われて清蔵の店から立ち去った。

丈吉は、呆然と立ち尽した。


五日が過ぎた。

桜の花は咲き誇った。

久蔵は、清蔵の悪辣《あくらつ》さを暴き、斬り棄てた左内をお咎めなしとして放免した。

丈吉は、夏目左内がおふみを後添えに望んだ浪人だと知った。そして、左内が自分とおふみの為に清蔵を斬ったのに気付き、常楽寺から姿を消した。

桜の花片が本所竪川に流れた。

久蔵は、弥勒寺門前の茶店を出て本所竪川に向かった。

竪川からの道を、夏目左内が風呂敷包みを背負ってやって来た。

「やあ。夏目さん……」

「これは秋山どの。おふみに何か……」

「ああ。丈吉が島で死んだと、報せにな……」

「丈吉が島で死んだ」

左内は眉をひそめた。

「ああ。だから、もう何もかも忘れ、生まれ変わって暮らせとな。じゃあな……」

久蔵は、そう云って左内と擦れ違った。

「あ、秋山どの……」

左内は、呆然と久蔵を見送った。

丈吉は、おふみが左内と所帯を持つのを願って姿を消したのだ。

久蔵は、丈吉の願いを叶えてやりたかった。

竪川に架かっている二つ目之橋の船着場には、勇次が酒を用意した屋根船で待っていた。

久蔵の乗った勇次の屋根船は、大川を遡って向島に進んだ。

久蔵は、手酌で酒を飲んだ。
向島の堤には、満開の桜の花が美しく連なり、花見客で賑わっていた。
満開の桜は、隅田川の流れに美しく映えた。
一片の桜の花片が、久蔵の酒の満ちた猪口に舞い散った。
花見酒……。
久蔵は、桜の花片の浮いた酒を飲んだ。

第四話

飼殺し

一

卯月——四月。

『目には青葉 山郭公《やまほととぎす》 初鰹《はつがつお》』の季節。

初物の鰹が魚屋に並び、江戸っ子は着物を質屋に入れても食べるのが心意気とされていた。

神田川には月明かりが揺れていた。

人気の途絶えた柳原通りの柳並木は、吹き抜ける風に緑の枝を揺らしていた。

小さな提灯の明かりが浮かんだ。

神田松永町の瀬戸物屋『永楽堂』の主の忠兵衛《ちゅうべえ》は、神田岩本町に住む碁敵《ごがたき》を訪れた帰り、神田川に架かる和泉橋を渡ろうと柳原通りを横切った。

神田松永町は、神田川に架かる和泉橋を渡り、御《お》徒町《かちまち》の通りを進んだ処にある。

忠兵衛は、提灯を手にして和泉橋の南詰に差し掛かった。

柳の木の陰から武士が現われ、抜いた刀を煌めかせながら忠兵衛に向けた。

忠兵衛は、恐怖に衝き上げられながらも武士に提灯を投げ付けた。

武士は、己の顔に飛来した提灯を咄嗟に刀で叩き落した。

地面に叩き落された提灯は燃え上がり、辻斬りの武士の顔を照らした。

辻斬りの武士は、若い顔を醜く歪めて激しく狼狽えた。

「人殺し、辻斬りだ。辻斬りだ」

忠兵衛は、恐怖に震える声で必死に叫びながら和泉橋を走った。

「や、止めろ……」

若い辻斬り武士は、慌てて忠兵衛を追って刀を叩き付けた。

忠兵衛は、後頭部に刀を受けて血を飛ばし、前のめりに倒れ込んだ。

若い辻斬り武士は、眼を血走らせて倒れ込んだ忠兵衛を見下ろした。

「助けて、辻斬りだ。人殺しだ……」

忠兵衛は、這いずりながら嗄れた声で必死に叫んだ。

「止めろ、止めてくれ……」

若い辻斬り武士は激昂し、忠兵衛に何度も刀を叩き付けた。

忠兵衛は血塗れになり、身動きをしなくなった。だが、若い辻斬り武士は、乱心したように刀を叩き付け続けた。

呼子笛が鳴り響いた。

若い辻斬り武士は我に返り、恐怖に震えながら和泉橋から柳原通りに逃げた。

幸吉と雲海坊が、和泉橋に駆け上がって来た。

「此処を頼む」

幸吉は雲海坊に怒鳴り、柳原通りに逃げた若い辻斬り武士を追った。

「おい。大丈夫か……」

雲海坊は、倒れている忠兵衛に駆け寄って眉をひそめた。


柳原通りの柳並木は、緑の枝を風に揺らしていた。

幸吉は、柳原通りの左右の闇を窺った。

左は両国広小路、右は神田八ッ小路に続いている。

旗本に拘わる者なら右の神田八ッ小路……。

幸吉は、神田八ッ小路への闇を透かし見た。

闇の中に微かな人影が窺えた。

やはり、神田八ッ小路から駿河台の旗本屋敷街だ。

幸吉は追った。

神田八ッ小路は、昌平橋、一口坂《いもあらいざか》(淡路坂)、駿河台、三河町筋、連雀町、須田町、柳原、筋違御門の八つの道筋に続いている。

幸吉は、八ッ小路の闇を見廻した。

八ッ小路に人影はなく、昌平橋の袂に夜鳴蕎麦屋の屋台の提灯が揺れていた。

幸吉は、夜鳴蕎麦屋の屋台に駆け寄った。


神田松永町の瀬戸物屋『永楽堂』の主の忠兵衛は、惨殺された。

雲海坊は、柳橋の船宿『笹舟』の弥平次の許に木戸番を走らせた。

和泉橋は柳橋から遠くはなく、神田明神門前の居酒屋で酒を飲んだ幸吉と雲海坊の帰り道の途中にある。

柳橋の弥平次は、勇次を南町奉行所定町廻り同心の神崎和馬の許に走らせ、由松を従えて和泉橋に駆け付けて来た。

雲海坊は、忠兵衛惨殺の場に来合わせ、幸吉が辻斬りを追った顚末《てんまつ》を手短に報せた。

「由松、八ッ小路に走り、幸吉を捜せ」

弥平次は、幸吉が辻斬りを追って危ない目に遭うのを恐れた。

「承知……」

由松は、柳原通りを神田八ッ小路に走った。

「酷《ひど》いな……」

弥平次は、忠兵衛の遺体に手を合わせ、眉をひそめて検めた。

「はい。斬ると云うより、滅茶苦茶に殴っているようです」

「うん。で、金は……」

「懐に五両程入った財布がありました。きっと、盗る前にあっしたちが……」

「そうか。それにしてもこの手口、やっとうの素人だ。命を狙って襲うような遣い手じゃあないな」

「ええ。辻斬りか金目当ての辻強盗……」

「うむ。だろうな……」

弥平次と雲海坊は、忠兵衛を斬った者の狙いを推し測った。

「柳橋の親分さん……」

自身番の番人が、瀬戸物屋『永楽堂』のお内儀と手代を連れて来た。

お内儀と手代は、忠兵衛の惨殺死体を見て息を飲んだ。

「お、お前さん……」

お内儀は、忠兵衛の死体に取り縋って泣き崩れた。

「旦那さま……」

手代は、忠兵衛の死体の傍に呆然とへたり込んだ。

「神田松永町の瀬戸物屋永楽堂の忠兵衛さんに間違いないかな」

弥平次は、手代に訊いた。

「はい。手前共の旦那さまにございます」

手代は泣いた。

「そうか……」

弥平次は頷いた。

神田八ツ小路迄の柳原通りに変わった事はなかった。

由松は、八ツ小路の闇を見廻した。

昌平橋の袂に夜鳴蕎麦屋が出ていた。

由松は、夜鳴蕎麦屋に駆け寄った。

「おう。邪魔するぜ」

「いらっしゃい……」

夜鳴蕎麦屋の親父は迎えた。

「店、ずっと出していたのかい……」

「ああ……」

「じゃあ、十手持ちが来た筈だが……」

「ええ。来ましたよ」

由松は、幸吉が八ッ小路迄は無事に追って来ているのを知った。

「で、どうした」

「侍が来なかったかと訊かれたので、若いのが幽霊坂をあがって行ったと、そうしたら直ぐに追っ掛けて行ったよ」

夜鳴蕎麦屋の親父は、備後《びんご》国福山藩江戸上屋敷脇の坂道を眺めた。

「幽霊坂か。助かったぜ」

由松は、幽霊坂に向かった。

幽霊坂は、福山藩江戸上屋敷と旗本屋敷の間にあった。

由松は、幽霊坂をあがって埃坂《ごみざか》に進んだ。

埃坂の左右に連なる旗本屋敷は、常夜燈を灯して寝静まっていた。

由松は、物陰に潜んで闇を透かし見た。

人影が動いた。

幸吉の兄貴……。

由松は、身のこなしから人影を幸吉だと見定めた。

「幸吉の兄貴……」

由松は呼び掛けた。

「由松か……」

「はい……」

幸吉は、由松が追って来たのに気が付いた。

由松は、幸吉に駆け寄った。

「御苦労さん……」

「いえ。で、人斬り野郎は……」

「うん。此の界隈の屋敷に消えた」

幸吉は、周囲の暗い旗本屋敷を見廻した。

「じゃあ、この辺の旗本屋敷の何処かに潜んでいるのか……」

由松は、鋭い眼差しで周囲の旗本屋敷を窺った。

旗本屋敷は、暗い静けさに覆われていた。


南町奉行所吟味方与力の秋山久蔵は、和馬の報告を受け、瀬戸物屋『永楽堂』忠兵衛が辻強盗に殺されたと断定した。そして、辻強盗は、駿河台埃坂界隈の旗本屋敷の者だと見定めた。

「先ずは、幸吉が見失った埃坂一帯の旗本屋敷を探り、刀を満足に扱えず、金に困って辻強盗を働くような馬鹿を捜すんだな」

久蔵は、忠兵衛の無残な死を哀れみ、和馬と弥平次に怒りを込めて命じた。

「心得ました」

和馬と弥平次は、幸吉、雲海坊、由松、勇次たちと探索を開始した。

刀を満足に扱えず、金に困っている者……。

幸吉、雲海坊、由松、勇次は、一帯の旗本屋敷の中間や小者、出入りの商人などに聞き込みを掛けた。

聞き込みの結果、剣術の修行を満足にせず、女と博奕に現《うつつ》を抜かしている旗本の倅が浮かんだ。

二千石取りの旗本で作事奉行大石主計《おおいしかずえ》の嫡男一学《いちがく》……。

大石一学は二十歳過ぎの若者で、父親の主計に甘やかされて育ち、剣や学問を満足に学ばず、放蕩《ほうとう》の限りを尽くしている。そして、一学は博奕打ちの貸元の情婦《おんな》に手を出して百両の始末金を払うか、腹を切るかと脅されていた。

一学は金に困っている……。

和馬と弥平次は、瀬戸物屋『永楽堂』忠兵衛の殺された夜、一学が何処で何をしていたのか探った。

忠兵衛が殺された夜、一学は本所回向院裏の賭場で博奕遊びをして負けていた。

一学は回向院裏の賭場の帰り、和泉橋で忠兵衛を襲った。

和馬と弥平次は睨み、久蔵に報告した。

久蔵は、和馬と弥平次の報告に頷き、目付の榊原采女正の許を訪れる事にした。


「秋山さま……」

和馬が、久蔵の用部屋を訪れた。

「何だ……」

「今、大石兵庫《ひょうご》と云う旗本家の者が、瀬戸物屋永楽堂忠兵衛殺しについて話がしたいと、お見えにございます」

和馬は、微かな緊張を滲ませていた。

「大石兵庫だと……」

久蔵は眉をひそめた。

「はい……」

和馬は頷いた。

大石兵庫……。

大石一学の父親は、旗本で作事奉行の大石主計だ。何れにしろ、兵庫とは旗本の大石一族の者に違いない。

「用は、永楽堂忠兵衛殺しについてか……」

「はい。如何致しますか……」

和馬は、久蔵の出方を窺った。

「よし。会おう……」

久蔵は、小さな笑みを浮かべた。

おそらく、一学に町奉行所の手が伸びていると気付いた一族の者が、旗本二千石を盾にして横槍を入れに来たのだ。

下手な横槍なら、大石一学が町方の者を平然と殺す高慢な人柄の傍証になるかもしれない。

「ならば、私は隣の部屋に……」

和馬は、久蔵に告げて立ち去った。

久蔵は、大石兵庫を通した部屋に向かった。


「お待たせ致した」

久蔵は、中庭に面した古い部屋に入った。

三十歳前後の総髪の武士が、古い部屋で茶を飲みながら待っていた。

「吟味方与力の秋山久蔵です」

久蔵は、総髪の武士を見据えて告げた。

「拙者、旗本大石主計の弟、兵庫です」

総髪の武士は名乗った。

「ほう。ならば、大石一学の叔父上どのですか……」

「左様。旗本大石家の部屋住み、一学にとっては厄介叔父です」

兵庫は苦笑した。

「厄介叔父……」

久蔵は、微かな戸惑いを覚えた。

「ええ……」

〝厄介叔父〟とは、家督を継ぐ嫡男ではなく、養子の口もなく自立も出来ずに実家に残っている弟であり、やがて家を継ぐ甥《おい》にとっては、迷惑で厄介な叔父なのだ。

「して、お見えになった御用は、甥の一学に拘わる事ですな」

「左様。秋山どの、過日和泉橋で瀬戸物屋永楽堂忠兵衛なる者を斬ったのは、甥の一学だとお疑いのようですが……」

兵庫は、久蔵に笑い掛けた。

「如何にも……」

久蔵は頷いた。

「秋山どの、忠兵衛を斬ったのは、一学ではござらぬ」

兵庫は、久蔵を厳しい面持ちで見詰めた。

「ほう。一学ではないと……」

久蔵は苦笑した。

「如何にも……」

兵庫は頷いた。

「ならば、何者の仕業《しわざ》ですかな」

久蔵は、僅かな殺気を放った。

兵庫は笑った。

久蔵は、己の放った僅かな殺気が躱されたのを知った。

かなりの剣の遣い手……。

「兵庫さん、剣は何流ですか……」

久蔵は問い質した。

「直心影流《じきしんかげりゅう》です」

兵庫は、戸惑いながら告げた。

「そうですか、直心影流ですか……」

「はい」

兵庫は微笑んだ。

「して、忠兵衛を殺害したのが一学でないとしたなら……」

「瀬戸物屋永楽堂忠兵衛を斬ったのは、大石兵庫。この私です」

兵庫は、云い放った。

「ほう……」

久蔵は、思わず微笑んだ。

忠兵衛を殺したのは、大石兵庫……。

「おぬしが忠兵衛を殺したと申されるか……」

「左様。拙者が忠兵衛を斬り棄てました」

兵庫は、久蔵を見据えて頷いた。

久蔵は、己が忠兵衛を殺したと云う兵庫の真意が知りたかった。

「何故に……」

「忠兵衛、無礼にも拙者を見て嘲り笑ったので、思わず斬ってしまいました」

「忠兵衛が嘲り笑った……」

「如何にも、それ故に……」

「兵庫さん、忠兵衛は刀で斬られたと云うより、叩き殺されていた。傷を検めた限り、やった者は、剣の修行をしておらず、刀も満足に扱えない不心得者……」

直心影流を修行した兵庫には、拘りのない事の筈だ。

久蔵は、兵庫の反応を窺いながら告げた。

「秋山どの、忠兵衛が拙者を見て笑ったのは、酒に酔って足を取られ、無様に転んだのを見ての事でしてな」

兵庫は、己を嘲笑った。

「無様に転んだ……」

「左様。それを忠兵衛に笑われ、拙者は思わず逆上して……」

「斬ったか……」

「如何にも、酒に酔って逆上した勢いで……」

兵庫は、酒に酔って無様に転び、笑った忠兵衛を思わず逆上して殺したと告白した。

無様な刀の扱いは、酒に酔って逆上した挙げ句の醜態……。

兵庫は、剣の修行をした武士として恥じた。

久蔵は、兵庫の告白をそのまま信じられるとは思っていない。だが、己が忠兵衛を殺したと云う兵庫の自訴を無視は出来ない。そして、兵庫が自訴して来た限り、一学を忠兵衛殺しで目付の榊原采女正に訴えるのを控えるしかない。

「だが、すべては忠兵衛の無礼な笑いが始まり。今後、何か疑念があれば、いつでも御報せ下され。では、今日はこれにて御無礼致す」

大石兵庫は、久蔵に会釈をして古い部屋から出て行った。

「秋山さま……」

和馬は、血相を変えて入って来た。

「和馬、聞いての通りだ。永楽堂忠兵衛を殺したのは、大石一学ではなく叔父の兵庫だそうだ……」

久蔵は苦笑した。

二

瀬戸物屋『永楽堂』の主忠兵衛を惨殺したのは、旗本の倅の大石一学ではなく、厄介叔父の兵庫……。

そして、兵庫は己の泥酔を笑った忠兵衛を無礼打ちにしたと告げた。

如何に直心影流を修行した身でも、泥酔すれば刀も満足に遣えなくなるのかもしれない。

今の処、大石兵庫の話に納得は出来ないが、大きな綻びはない……。

「秋山さま……」

和馬は眉をひそめた。

「うむ。何れにしろ大石一学を助けようとしての下手な企てだ」

久蔵は冷笑を浮かべた。

「ならば……」

「うむ。旗本大石家がそう来るのなら、こっちも腹を据えてやる迄だ。和馬、大石兵庫の身辺を詳しく調べろ」

久蔵は、不敵な笑みを浮かべた。


駿河台埃坂の旗本屋敷街には、散り遅れた桜の花片が風に舞っていた。

和馬は、大石屋敷の見張り場所として借りている斜向かいの旗本屋敷の中間長屋に入った。

旗本屋敷の中間長屋には、幸吉と由松が詰めていた。

「和馬の旦那、一学の野郎、いよいよ評定所扱いですか……」

由松は嘲笑した。

「そいつが、面倒な事になりやがった」

和馬は、腹立たしげに由松の淹れてくれた茶を飲んだ。

「面倒ですかい……」

幸吉と由松は戸惑った。

「ああ。奉行所に一学の叔父の大石兵庫ってのが来てな……」

和馬は眉をひそめた。

「叔父の大石兵庫……」

「ああ……」

和馬は、大石兵庫が南町奉行所の久蔵を訪れ、瀬戸物屋『永楽堂』忠兵衛を殺したと自訴した事を教えた。

幸吉と由松は驚いた。

和馬は、久蔵と兵庫の遣り取りを詳しく幸吉と由松に話して聞かせた。

「大石兵庫ですか……」

幸吉は眉をひそめた。

「うむ。総髪の背の高い三十歳前後の男だ」

和馬は告げた。

「そう言えば、そんな奴が出入りするのを見掛けた覚えありますすね」

由松は頷いた。

「中間頭の彦造《ひこぞう》さんにちょいと訊いてみますか……」

幸吉は、旗本屋敷の中間頭の彦造を呼んで来た。

「大石さまの処の兵庫さんですか……」

彦造は、戸惑いを浮かべた。

「うん。どんな男だ……」

「どんなって、あの歳まで部屋住みですからね。酸いも甘いも嚙《か》み分けて、奉公人にも優しい穏やかな方ですよ」

中間頭の彦造は、兵庫を誉めた。

「ほう。兵庫、そんな男なのか……」

和馬は戸惑った。

「ええ。あっしたちとも気軽に挨拶をしましてね。御苦労だなといつも労ってくれて、ほんとうに良い人です」

彦造は、尚も兵庫を誉めた。

「和馬の旦那……」

幸吉は、兵庫が和馬に聞いた人物とは別人のように思えた。

「ああ。まるで別人のようだな」

和馬は眉をひそめた。

「彦造さん。大石兵庫さん、酒はどうなんですかい……」

由松は訊いた。

「酒……」

彦造は戸惑った。

「ええ。酒には強いんですか、弱いんですか」

由松は、身を乗り出した。

「そりゃあもう、強いなんてもんじゃありません。毎晩のように神田明神の馴染の店に行っていましてね」

彦造は笑った。

「毎晩……」

「ええ。一度一緒に飲んだのですが、そりゃあ楽しい酒でして……」

「余り酔っ払わないのですかい……」

「ええ。酔っ払った処など、一度も見た事はありませんぜ」

「じゃあ、酒に飲まれ、人が変わって刀を振り廻すなんて事は……」

「ありませんよ」

彦造は笑った。

「そうか……」

「じゃあ、あっしはこれで……」

彦造は、表門に戻って行った。

「和馬の旦那……」

「ああ。とても泥酔して、刀を振り廻すような奴には思えぬな」

和馬は苦笑した。

「ええ、こりゃあ、やっぱり一学を助ける為に……」

幸吉は読んだ。

「和馬の旦那……」

由松が、長屋の窓から斜向かいの大石屋敷を示した。

大石屋敷の表門脇の潜り戸から、兵庫が中間に見送られて出掛けて行く処だった。

「よし。幸吉、一学を頼む」

「承知……」

「行くぞ、由松……」

和馬は、巻羽織を脱ぎ棄て、由松と共に旗本屋敷を出た。

駿河台幽霊坂は西日に照らされ、行き交う人の影を長く伸ばし始めていた。

兵庫は、幽霊坂を下って神田八ッ小路に向かった。

和馬と由松は追った。


大石兵庫は、神田川に架かる昌平橋を渡って夕暮れの神田明神門前町に入った。

神田明神門前町の盛り場には様々な飲み屋が連なり、開店の仕度に忙しかった。

兵庫は、連なる飲み屋の中にある小料理屋の裏手に廻った。

和馬と由松は見届けた。

「小料理屋の初音ですか……」

由松は、小料理屋の軒行燈に書かれた『初音』と云う屋号を読んだ。

「うむ……」

和馬は、兵庫が小料理屋『初音』の裏手に廻ったのが気になった。

兵庫は、小料理屋『初音』の只の客なのか、それとも他の事をしているのか……。

「和馬の旦那、初音がどんな店かちょいと訊いて来ます」

「うん。頼む」

「じゃあ……」

由松は、和馬を残して駆け去った。

和馬は、小料理屋『初音』を見守った。

陽は暮れ、連なる飲み屋は店を開け始めた。


「大石兵庫か……」

目付の榊原采女正は、盃の酒を飲んだ。

「はい。当主の大石主計の末弟でして、三十歳前後の部屋住みですが……」

久蔵は、手酌で酒を飲んだ。

「大石主計、倅の一学に傷が付くのを恐れて、末弟で部屋住みの兵庫を身代りにしたか……」

榊原は、大石主計の腹の内を読んだ。

「ええ。所詮、兵庫は部屋住み、嫡男の一学がいれば、最早役目も終わった用無し。忠兵衛殺害を無礼打ちで片付ければ良し、片付かなければそのまま身代りにして、責めを取らせる……」

久蔵は、大石主計の企てを読んだ。

「兄弟は他人の始まりか。大石主計、切れ者の作事奉行と聞いていたが、どうやら、保身に長《た》けた冷酷な男だな」

榊原は、呆れたように眉をひそめた。

「はい……」

「して、どうする……」

「永楽堂忠兵衛を無残に殺したのは、大石一学。必ず責めを取らせてやります」

久蔵は、不敵に云い放った。


赤い前掛をした十六、七歳の娘は、小料理屋『初音』の軒行燈に火を灯して暖簾を掲げた。

「あの娘、おさきって初音の娘でしてね。母親で女将のおせいと二人で店を営んでいるそうです」

由松は、『初音』に戻って行くおさきを見送りながら、聞き込んで来た事を告げた。

「母娘でやっている小料理屋か……」

和馬は、小料理屋『初音』を眺めた。

小料理屋『初音』には、職人の親方やお店の番頭らしい馴染客が訪れ始めていた。

「ええ。で、かれこれもう十年近くやっているそうですよ」

「ほう、十年近くもか……」

「ええ。酒も料理も安くて美味いとか……」

「成る程……」

部屋住みの大石兵庫は、昔からの馴染客なのかもしれない。

「よし。俺たちも入ってみるか……」

「はい……」

和馬と由松は、小料理屋『初音』の暖簾を潜った。

「いらっしゃいませ……」

娘のおさきが、和馬と由松を迎えた。

「おう。邪魔をするよ」

和馬と由松は、酒を飲んでいる馴染客を素早く見廻した。

狭い店内には、三人の馴染客がいるだけで大石兵庫はいなかった。

和馬と由松は、微かに戸惑いながら隅に座って酒を頼んだ。

「はい。肴は何にします」

おさきは微笑んだ。

「そうだな。何がいいかな」

「今日は烏賊《いか》の木の芽和《あ》えと筍《たけのこ》がお勧めです」

「美味そうだな。じゃあ、烏賊と筍を貰おうか……」

和馬は笑顔で頼んだ。

「はい。じゃあ、少々お待ち下さい」

おさきは、板場に入って行った。

「大石兵庫、いませんね」

由松は、眉をひそめて囁いた。

「ああ……」

和馬は、厳しさを過ぎらせた。

大石兵庫は、小料理屋『初音』からいつの間にか出て行ったのか……。

和馬と由松の尾行に気付き、籠脱《かごぬ》けをしたのかもしれない。

おのれ……。

和馬は、微かな苛立ちを覚えた。

「お待たせしました」

おさきが、酒を持って来た。

「おう。待ち兼ねた」

由松は、嬉しげに笑って見せた。

「はい。どうぞ……」

おさきは、徳利を手にして酒を勧めた。

「おう、忝ねえ」

和馬は、猪口に酒を満たして貰った。

「はい……」

おさきは、由松にも酌をした。

「おいでなさいませ。女将のおせいです。筍の付け焼きですよ」

年増の女将おせいが、筍の付け焼きを持って来た。

「こいつは美味そうだ」

「それはもう。烏賊の木の芽和えも出来次第お持ち致しますよ」

「そいつは楽しみだ」

「じゃあ、ごゆっくり……」

女将のおせいは、娘のおさきと板場に戻って行った。

「うん。じゃあ……」

和馬と由松は、酒を飲み、筍の付け焼きを食べた。

「美味いな……」

酒と筍の付け焼きは美味かった。

馴染客たちは、物静かに言葉を交わしながら酒を楽しんでいた。

刻が過ぎても、大石兵庫は現われなかった。

「和馬の旦那……」

由松は、焦りを滲ませた。

「うん。まんまと出し抜かれたのかもしれないな」

和馬は、手酌で酒を飲んだ。

馴染客は酒と料理を楽しみ、女将のおせいと娘のおさきは忙しく働いていた。

「それにしても由松、何か妙だな」

和馬は眉をひそめた。

「えっ、何がですか……」

「母と娘の二人の店にしては、地廻りや遊び人が煩《うるさ》く付き纏っている風でもないのがな」

「そう云われてみれば、そうですね」

母娘二人の店ならば、食い物にしようとする者が出入りしても不思議はない。

だが、小料理屋『初音』には、そうした客や雰囲気は一切窺えなかった。

何かある……。

和馬は、小料理屋『初音』を改めて窺った。

小料理屋『初音』は、暖かさと穏やかさに満ち溢れていた。


半刻が経った。

大石兵庫は現われなかった。

尾行は失敗し、撒《ま》かれた……。

和馬と由松は、勘定を払って小料理屋『初音』を出た。

勘定は、酒や料理からしたら安く、良心的な店だった。

「ありがとうございました」

女将のおせいと娘のおさきは、和馬と由松を見送った。

和馬は、小料理屋『初音』を出て大きく背伸びをした。

「和馬の旦那……」

由松は、嗄れ声で和馬を呼んだ。

「どうした……」

「あ、あそこに……」

由松は、狭い路地の奥の小料理屋『初音』の裏手を示した。

裏手では、板前が煙管《きせる》で煙草を吸っていた。

煙草の火は吸われると赤く燃え、板前の顔を浮かびあがらせた。

板前の顔は大石兵庫だった。

「えっ……」

和馬は驚き、息を飲んだ。

板前の大石兵庫は、煙草を吸い終わって裏手から消えた。

「和馬の旦那……」

「大石兵庫だ……」

和馬は、喉を鳴らして頷いた。

「はい。初音の板前だったんですね」

由松は、嗄れ声を引き攣らせた。

「ああ。大石兵庫、初音の板前か……」

和馬と由松は、狭い路地の奥を見詰めた。

旗本の部屋住み大石兵庫は、小料理屋『初音』の板前をしているのだ。

小料理屋『初音』を食い物にしようとする者が出入りしないのは、大石兵庫の存在が大きいのだ。おそらく、大石兵庫は一度か二度、食い物にしようとした者を激しく叩きのめしているのだ。

「驚きましたね」

由松は、困惑を露にしていた。

「うん。よし、見張るぞ……」

和馬と由松は、小料理屋『初音』の斜向かいの路地に潜み、大石兵庫を見張り始めた。

神田明神門前町の盛り場の賑わいは続いた。

「小料理屋の板前だと……」

久蔵は眉をひそめた。

「はい。神田明神門前町にある初音と云う小料理屋の板前で、店には滅多に出て来ないようです」

和馬は告げた。

「それにしても板前とはな……」

「昨夜、初音で食べたものが兵庫の作った料理なら、かなり腕の良い板前ですよ」

和馬は感心した。

「そいつは、俺も食ってみたいものだな」

久蔵は苦笑した。

「で、昨夜、初音は亥の刻四つ（午後十時）に店を閉め、兵庫は今朝方寅《とら》の刻七つ（午前四時）に大石屋敷に帰りました。今、引き続き、由松が幸吉と見張っています」

「初音には、女将のおせいと娘のおさきがいるのだな」

久蔵は、その眼を鋭く輝かせた。

「はい。未だ見定めてはいませんが、大石兵庫は初音の女将のおせいの情夫《おとこ》なのかもしれません」

和馬は睨んだ。

「うむ……」

旗本の部屋住みで養子の口のない者は、医者や絵師、剣術遣いなどになり、板前になる者は滅多にいない。

だが、兵庫には料理人としての才があったのだ。

兵庫は、いずれは大石家を出て料理人で身を立てるつもりなのかもしれない。

直心影流の遣い手が、板前とは面白い……。

久蔵は笑った。

三

駿河台埃坂の大石屋敷は、作事奉行である当主の主計が登城して長閑さが漂った。

幸吉と由松は、斜向かいの旗本屋敷の中間長屋の窓から大石屋敷を見張った。

昼が近付いた頃、大石屋敷の潜り戸から一学が現われた。

「幸吉の兄貴……」

「うん。一学の野郎、漸く出て来たか……」

幸吉は、嘲りを浮かべた。

一学は、怯えた眼差しで辺りを見廻し、足早に出掛けた。

「よし。追ってみる」

幸吉は、由松を残して一学を追った。

大石一学は、幽霊坂を足早に下った。

幸吉は追った。

一学は、尾行者に対する警戒など一切せず、無防備に幽霊坂を下っていた。

何処に行く……。

幸吉は続いた。

神田八ッ小路は賑わっていた。

大石一学は、八ッ小路を昌平橋に向かった。

昌平橋の袂では、雲海坊が経を読んでいた。

一学は、神田川に架かっている昌平橋を渡って明神下の通りに進んだ。

雲海坊は、幸吉に並んだ。

「何処に行くのかな……」

「さあな……」

幸吉と雲海坊は、足早に行く大石一学を追った。

一学は、明神下の通りから湯島天神裏門坂道に曲がった。

裏門坂道は湯島天神横の男坂と女坂、そして裏の切通しに続いている。

幸吉と雲海坊は追った。


湯島天神男坂の下には、腰高障子に〝飯〟の一字が書かれた古い飯屋があった。

大石一学は、躊躇いも警戒もなく古い飯屋に入った。

幸吉と雲海坊は見届けた。

「怪しげな飯屋だな」

幸吉は眉をひそめた。

「ああ……」

幸吉と雲海坊は、一学の入った古い飯屋を窺った。

古い飯屋は、昼だと云うのに暖簾も出さず客の出入りもなかった。

潰れているのか……。

幸吉は、古い飯屋を見守った。

「幸吉っつぁん……」

雲海坊は、湯島天神の男坂を示した。

派手な半纏を着た男が、軽い足取りで男坂を降りて来た。

雲海坊と幸吉は物陰に潜み、派手な半纏を着た男を見守った。

派手な半纏を着た男は、険しい眼で辺りを窺いながら古い飯屋に入って行った。

「野郎、お尋ね者の金吉《かねきち》だぜ」

雲海坊は、古い飯屋を見詰めた。

「ああ……」

雲海坊と幸吉は、派手な半纏を着た男がお尋ね者の金吉だと気付いた。

金吉は、無頼の浪人どもと大店の若旦那を拐《かどわ》かして金を脅し取り、お尋ね者になって姿を晦ませていた。

「旗本の倅の大石一学が、お尋ね者と一緒にいるとはな……」

雲海坊は呆れた。

「よし。秋山さまに報せる。雲海坊は見張っていてくれ」

「承知……」

幸吉は、雲海坊を残して南町奉行所に走った。


臨時廻り同心の蛭子市兵衛は、湯島天神男坂下の古い飯屋の周囲を捕り方で固めた。

秋山久蔵は迷いなく、果断に動いた。

お尋ね者の金吉と一緒にいる者共を、残らずお縄にする……。

お尋ね者の金吉は勿論、一緒にいる大石一学の身柄を押える……。

久蔵の狙いは明確だった。

雲海坊は、駆け付けて来た弥平次や勇次と古い飯屋を探った。

古い飯屋は、無頼の浪人やお尋ね者の溜り場になっており、昼間から賭場が開かれていたりした。

一気に叩き潰してやる……。

久蔵は、市兵衛、幸吉、雲海坊を裏手に廻し、弥平次と勇次を従えて表から古い飯屋に向かった。

勇次は、掛矢で古い飯屋の腰高障子を叩き壊した。

博奕をしていた無頼の浪人や遊び人、大石一学やお尋ね者の金吉は激しく狼狽えた。

久蔵は、狼狽えている無頼の浪人や遊び人を叩きのめし、一学や金吉に迫った。

蛭子市兵衛、幸吉、雲海坊は、裏に逃げ出す者たちを容赦なく打ちのめしてお縄にした。

お尋ね者の金吉は、匕首を振り廻して抗《あらが》った。

市兵衛は、刺股《さすまた》で金吉を壁に押し付けた。

雲海坊は、金吉を錫杖で容赦なく殴り、匕首を叩き落とした。

金吉は、頭を抱えて蹲った。

捕り方たちは、金吉に殺到した。

旗本の倅大石一学は、古い飯屋の土間の隅に蹲り、頭を抱えて震えていた。

「秋山さま……」

弥平次は、土間の隅に蹲って震えている一学を示した。

「おい、何をしているんだ……」

久蔵は苦笑し、三尺棒の先で一学の背中を突いた。

一学は弾かれたように飛び上がり、悲鳴をあげて逃げ廻った。

「静かにしろ……」

久蔵は一喝した。

「は、はい……」

一学は、喉を引き攣らせて震えた。

「一緒に来て貰うぜ。縄を打て」

久蔵は、幸吉に命じた。

幸吉は、一学を縛りあげようとした。

「な、何をする。俺は直参《じきさん》旗本だ。町奉行所に捕らえられる謂れはない」

一学は焦り、恐れ、必死に喚《わめ》いた。

「煩せえ。お尋ね者と連んで賭場にいる旗本なんぞ、聞いた事がねえ」

久蔵は、一学の横面を張り飛ばした。

一学は、悲鳴をあげて倒れ、子供のように泣き出した。

「哀れな野郎だ……」

久蔵は呆れ返った。

湯島天神から日本橋南茅場町《みなみかやばちょう》の大番屋……。

久蔵は、お尋ね者の金吉と一緒にいた無頼の浪人や博奕打ちたちを引き立てた。

その中には、一人場違いな身形《みなり》をした大石一学もいた。

行き交う人々は、引き立てられる金吉や無頼の浪人たちを蔑み、眉をひそめて囁き合った。

一学は、引き立てられる者たちの中で一人すすり泣いていた。

旗本大石主計は、部屋住みの弟兵庫を使って倅の一学を護ろうと企てた。だが、肝心の一学は、己の愚かさを丸出しにして墓穴を掘った。

久蔵は、大石一学をお尋ね者の金吉の仲間として大番屋の牢に繋いだ。

旗本大石主計はどう出るか……。

一学が、直参旗本だと声高に叫べば叫ぶ程、何故にお尋ね者の金吉と一緒にいたのかが問われる。かと云って、大石家と拘りのない者だとすれば、一介の浪人として町奉行所に咎人として仕置されるのだ。

何れにしろ、大石一学と父親の主計は追い詰められた。

どう出る……。

久蔵は、大石主計の出方を窺った。

「秋山さま……」

当番同心が、久蔵の用部屋に書状を持って来た。

「只今、作事奉行大石主計さまの使いの者が書状を持参致しました」

「何だ……」

「大石の書状……」

久蔵は書状を受け取り、封を切った。

書状には、今日の暮六つに不忍池の畔の料理屋『笹乃井』にお越し願いたいと認《したた》められていた。

「分った。お伺いすると使いの者に伝えろ」

久蔵は、当番同心に命じた。

大石主計が何用か……。

久蔵は、不敵な笑みを浮かべた。

不忍池の弁天島には、大勢の参拝客が行き交っていた。

料理屋『笹乃井』は上野仁王門前町にあり、客室の全部から弁天島が眺められた。

暮六つ。

秋山久蔵は、料理屋『笹乃井』を訪れた。

料理屋『笹乃井』の女将は、久蔵を離れ座敷に案内した。

離れ座敷には、初老の武士が床の間を背にして座り、中年の武士が控えていた。

久蔵は、初老の武士が旗本の大石主計だと睨み、正面に座った。

「南町奉行所の秋山久蔵か……」

初老の武士は、久蔵を厳しく見据えた。

「如何にも……」

久蔵は頷いた。

「儂《わし》は作事奉行の大石主計。これに控えしは、当家用人の岸本郡兵衛《きしもとぐんべえ》だ」

久蔵は、岸本郡兵衛に会釈をして大石主計に向き直った。

「して、大石さま、御用とは……」

久蔵は、大石主計を見据えて尋ねた。

「秋山、当家の倅一学を捕らえたと聞いたが、町奉行所が何故の暴挙だ」

大石主計は、怒りを滲ませた。

「ほう。拐かしのお尋ね者金吉と仲間の無頼の者共をお縄にしましたが、その中に自分は旗本家の大石一学だと声高に言い張る者がおりましてな。旗本家の者がお尋ね者と連むなど、愚かな真似を致す筈はないと厳しく叱り、大番屋の牢に繋いでありますが、あの愚か者、まこと大石家の……」

久蔵は、微かな嘲りを過ぎらせた。

「い、如何にも、当家嫡男一学。町奉行所の縄目の恥辱を受ける謂われはない。早々に放免致すが良い」

主計は、苛立ちを浮かべて久蔵に命じた。

「そうは参らぬ」

久蔵は苦笑した。

「何……」

「拐かしのお尋ね者と徒党を組んでいたとなると、如何に上様直参旗本家の者であっても、只では済みませぬ。速やかに御目付を通じて評定所に届ける事となります」

久蔵は、冷笑を浮かべた。

「ならぬ。それはならぬぞ……」

大石は狼狽えた。

「秋山さま……」

用人の岸本郡兵衛が、懐から袱紗《ふくさ》に包んだ物を久蔵に差し出した。

「何卒《なにとぞ》、お納め願いたい」

岸本は、上目遣いに久蔵を窺いながら袱紗を解いた。

袱紗には、切り餅が四個包まれていた。

「これは……」

久蔵は眉をひそめた。

「お手数をお掛け致したお詫びにございます」

岸本は、狡猾な笑みを浮かべた。

「お詫びをされる謂われはない」

久蔵は、冷たく云い放った。

「何……」

大石と岸本は、久蔵の態度に戸惑った。

「大石一学、過日、和泉橋で辻斬りを働いた疑いもありましてな。暫く大番屋に留め置くべきと……」

久蔵は、大石を見据えた。

「な、何……」

大石は狼狽え、困惑した。

「秋山さま、和泉橋での辻斬りは……」

岸本は戸惑った。

「剣の修行をせず、刀も満足に扱えない武士にあるまじき不束者《ふつつかもの》……」

久蔵は嘲笑した。

「で、ですが、辻斬りの一件は、酒に酔った者が無礼打ちにしたものと……」

岸本は狼狽えた。

「それはありえぬ……」

久蔵は一蹴《いっしゅう》した。

「何故だ……」

大石は、久蔵が兵庫の自訴を無視しているのを知り、怒りを露にした。

「大石さま、酒に酔って無礼打ちにしたと名乗り出た大石兵庫がどのような者かは、実の兄である大石さまが一番良く御存知の筈……」

「あ、秋山……」

大石は、怒りに震えた。

「大石さま、先祖代々の大石家が大事ならば、姑息《こそく》な真似をしてはなりませんぞ。では……」

久蔵は座を立った。


下谷広小路は暗く、人通りは途絶えていた。

久蔵は、料理屋『笹乃井』を出て辺りを油断なく窺った。

幸吉と雲海坊が物陰にいた。

久蔵は僅かに頷き、暗い下谷広小路を御成街道に向かった。

幸吉と雲海坊は、料理屋『笹乃井』を見張り続けた。

大石家用人の岸本郡兵衛が、料理屋『笹乃井』から出て来て上野元黒門町の居酒屋に走った。

「雲海坊……」

「うん……」

幸吉と雲海坊は岸本を追った。

御成街道の左右には伊勢国亀山藩や下野国壬生藩の江戸上屋敷などがあり、町家が続いている。

久蔵は、落ち着いた足取りで夜道を進んだ。

昌平橋から日本橋に進み、南茅場町から八丁堀の屋敷に帰る。

大石主計はどう出るか……。

久蔵は、神田川に架かっている昌平橋に進んだ。

錫杖の鐶《かん》が鳴った。

雲海坊の報せだ……。

再び錫杖の鐶が鳴った。

来るか……。

久蔵は、不敵な笑みを浮かべた。

神田川の流れは月影を揺らしていた。

久蔵は、暮六つに閉められた見附門の一つである筋違御門の前を抜け、昌平橋に向かった。

昌平橋の袂の闇が揺れた。

現われた……。

久蔵は、足取りを変えずに昌平橋に進んだ。

刹那、昌平橋の袂の闇から三人の浪人が現われ、久蔵に斬り掛かった。

久蔵は、抜き打ちの一刀を放った。

閃光が走った。

刀が煌めきながら夜空に飛んだ。

浪人の一人が、腕から血を振り撒きながら昏倒した。

残る二人の浪人は怯んだ。

「気の毒にな。幾らで雇われたかは知らぬが、死んでは遣う事も出来ぬ」

久蔵は冷たく笑った。

「お、おのれ……」

「今、医者に連れて行けば命は助かる……」

久蔵は、腕を斬られて昏倒している浪人を示した。

「早々に連れて行ってやるのだな」

「黙れ……」

二人の浪人は、猛然と久蔵に斬り付けた。

久蔵は斬り結んだ。

呼子笛の音が甲高く鳴り響いた。

二人の浪人は狼狽えた。

「斬り棄てるのは造作はないが、その前に大番屋で何もかも吐いて貰うぜ」

久蔵は笑い掛けた。

「お、おのれは……」

二人の浪人は戸惑った。

「俺か。俺は南町奉行所の秋山久蔵だ」

久蔵は告げた。

「か、剃刀《かみそり》、久蔵……」

二人の浪人は、久蔵の名を知っていたらしく激しく狼狽えた。

呼子笛は鳴り響き続けた。

二人の浪人は、悔しげに後退りをして身を翻した。

久蔵は、刀に拭いを掛けて鞘に納めた。

「秋山さま……」

幸吉と雲海坊が駆け寄って来た。

「大石家の用人は和泉橋に逃げました」

「脅しや金に転ばない邪魔者は、闇討ちをしてでも消すか……」

久蔵は、旗本大石主計の遣り方を蔑み、笑った。

「よし。幸吉、雲海坊、御苦労ついでに奴を医者に運んでやってくれ」

久蔵は、腕を斬られて昏倒している浪人を示した。

四

公儀に家督継承者として届けてある一学が、拐かしのお尋ね者の仲間として南町奉行所に捕らえられ、瀬戸物屋『永楽堂』忠兵衛殺しの厳しい詮議を受けている。

兵庫の身代り自訴は、秋山久蔵に通用する小細工ではなかった。

旗本大石家は、窮地に追い込まれた。

主計はどう出るか……。

久蔵は、和馬と由松に大石屋敷を見張らせた。

大石家部屋住みの兵庫は、夜になると神田明神門前の小料理屋『初音』で板前として働いていた。

夕暮れ時、大石兵庫は屋敷を出た。

いつものように小料理屋『初音』に行くのか……。

和馬は、由松と共に慎重に尾行た。

兵庫は、いつもとは違って幽霊坂に向かわず外濠に架かる神田橋御門に向かった。

「和馬の旦那……」

由松は戸惑った。

「ああ。今夜は初音じゃあないようだ……」

和馬と由松は尾行た。

兵庫は、神田橋御門前に出て外濠沿いを常盤橋《ときわばし》御門に向かった。

常盤橋御門、呉服橋御門、鍛冶橋《かじばし》御門、そして数寄屋橋《すきやばし》御門……。

兵庫は、数寄屋橋御門の袂に佇んだ。

「和馬の旦那、まさか南の御番所に来たんじゃあ……」

由松は睨んだ。

「ああ。そうかもな……」

和馬と由松は、数寄屋橋御門の袂に佇む兵庫を見守った。

兵庫は、数寄屋橋御門を渡った。


数寄屋橋御門内には南町奉行所があった。

兵庫は、南町奉行所の表門前の物陰に佇み、出入りする人々を眺めた。

「やっぱり南の御番所ですよ」

由松は緊張した。

「ああ、誰かが出て来るのを待つようだな」

和馬は、兵庫の動きを読んだ。

兵庫の待つ南町奉行所から出て来る者とは、誰なのか……。

「和馬の旦那、まさか……」

由松は眉をひそめた。

「うん。由松は此のまま兵庫を見張っていてくれ。俺は秋山さまに報せる」

「承知……」

和馬は、由松を大石兵庫の見張りに残して南町奉行所の裏門に急いだ。


「大石兵庫が表に……」

久蔵は、筆を置いて振り返った。

「はい。今夜は神田明神門前町の初音に行かずこっちに来ましてね。で、誰かが出て来るのを待っているようです」

和馬は告げた。

「誰かが出て来るのを待っている……」

久蔵は眉をひそめた。

「はい……」

和馬は頷いた。

「そうか……」

大石兵庫は俺を待っている……。

久蔵の勘が囁いた。

兵庫が、久蔵に逢ってどうするつもりなのかは分らない。

兵庫が何の用があるのかは、逢ってみれば分る事だ。

「よし。じゃあ、俺も帰るとするか……」

久蔵は、兵庫の出方を窺う事にした。


暮六つが近付いた。

南町奉行所は表門を閉める時が近付き、訪れた者は帰りを急いでいた。

久蔵は、小者に見送られて表門を出た。

「お気を付けて……」

「うむ。じゃあな……」

久蔵は、南町奉行所を出て数寄屋橋御門に向かった。

投げ付けられる殺気はなく、追って来る者の気配も窺えなかった。

だが、大石兵庫は必ず追って来る……。

久蔵は、数寄屋橋御門を渡って数寄屋河岸を南に進んだ。それは、秋山屋敷のある八丁堀岡崎町に行く道とは反対だった。

久蔵は、外濠沿いの道を進んだ。

もし、兵庫が追って来ていないのなら、後を取っている和馬から報せがある筈だ。

久蔵は、外濠沿いを進んで山下御門前を汐留川に向かった。そして、汐留川に架かっている土橋を渡って西に曲がり、幸橋御門前を抜けて溜池に進んだ。


薄暮の青黒さは溜池を覆い、雑草の茂みは風に揺れていた。

久蔵は、溜池の馬場に入って振り返った。

総髪の武士が馬場の入口に現われ、佇んでいる久蔵にゆっくりと近付いた。

大石兵庫だった。

久蔵は、兵庫が近付くのを待った。

兵庫は、充分な間合いを取って立ち止まった。

「俺に用があるようだな」

久蔵は笑い掛けた。

「剃刀久蔵の恐ろしさを思い知ったようだ」

兵庫は、兄の主計を蔑むような笑みを浮かべた。

「して、どうする……」

「金や脅しが効かぬとなれば、何としてでも死んで貰うしかないと……」

「それで、二度目の役目か……」

久蔵は、兵庫を厳しく見据えた。

「左様。身代りの次は刺客……」

兵庫は、淋しげな笑みを浮かべて刀の鯉口を切った。

久蔵は身構えた。

兵庫は、久蔵に迫って刀を鋭く抜き放った。

刹那、久蔵は踏み込み、抜き打ちの一刀を一閃した。

蒼白い閃光が交錯した。

久蔵と兵庫は対峙した。

殺気はない……。

久蔵は、兵庫に殺気がないのに気付いた。

此迄だ……。

「兵庫さん、もう充分じゃあねえのかな」

久蔵は笑い、刀を鞘に納めた。

「何……」

兵庫は戸惑った。

「馬鹿な甥の身代り、刺客、他に何をさせられて来たかは知らぬが、大石家の部屋住みとしての役目、充分に果たして来た筈だ」

「秋山どの……」

「このまま飼殺しでいるより、大石家を棄てて己の好きな道で生きたらどうだい」

久蔵は云い放った。

「大石家を棄てる……」

兵庫は狼狽えた。

「ああ。とっくに覚悟は出来ている筈だぜ」

「覚悟……」

兵庫は、久蔵に腹の内を見透かされているのに気が付いた。

「良いじゃあねえか、小料理屋の板前なんぞは。結構な腕だそうだな……」

久蔵は微笑んだ。

「秋山どの……」

兵庫は、久蔵が小料理屋『初音』の板前をしているのを知っている事に驚いた。

「大石一学の悪行は、既に御目付榊原采女正さまの知る処、此の秋山久蔵を斬っても最早隠しおおせるものではない。そして、大石一学、己の悪行の何もかもを吐いた」

久蔵は告げた。

「一学が吐いた……」

兵庫は、思わず微かな安堵を過ぎらせた。

「如何にも……」

久蔵は頷いた。

「そうですか、一学が己の悪行を認めましたか……」

「左様。博奕打ちに借金の返済を迫られ、金を奪おうとして瀬戸物屋永楽堂忠兵衛を襲ったとな」

「愚かな奴です」

兵庫は、吐息混じりに夜空を仰いだ。

夜空には無数の星が煌めいていた。

「その愚かな奴の為に己を棄てるより、早々に大石家を棄てるのだな」

久蔵は、踵を返して馬場の出入口に向かった。

兵庫は見送った。

馬場の出入口には、南町奉行所の提灯を持った男たちがいた。

久蔵は、何もかも読んで溜池の馬場に誘った……。

兵庫は気が付いた。

「秋山どの……」

兵庫は、提灯を持った男たちを従えて立ち去って行く久蔵に深々と頭を下げた。

提灯の明かりは小さく揺れた。


翌日、大石兵庫は両親の形見と刀だけを所持し、僅かな奉公人に見送られて裏門から大石屋敷を出た。

主計は、久蔵を斬る事が出来なかった兵庫を役立たずと罵り、止める事はしなかった。

大石一学は、瀬戸物屋『永楽堂』の主忠兵衛惨殺を認めた。

旗本大石主計は、慌てて一学を勘当し、作事奉行の役目を返上した。しかし、公儀は大石家家中取締不行届として、当主大石主計に蟄居《ちっきょ》を命じた。

次に来る公儀の正式な仕置は、良くて減知の上で隠居、最悪の場合は切腹の上にお家断絶だ。

大石家は、家督相続者であった倅の一学を失い、主計が隠居を命じられると当主不在となり、取り潰される恐れが大きくなった。

主計は、慌てて末弟兵庫に家督を相続するように命じた。だが、兵庫は主計の命を呆れたように一蹴した。

大石一学は勘当され、浪人として南町奉行所に裁かれる事となった。

久蔵は、浪人大石一学を瀬戸物屋『永楽堂』忠兵衛殺害の罪で死罪に処した。

大石主計は、閉門蟄居を命じられた。そして、家督相続者がいない限り、大石家は断絶となるのだ。

大石一学の愚かさと父親主計の傲慢《ごうまん》さは、先祖代々続いた旗本大石家を破滅に追い込んだのだ。

神田明神門前町の小料理屋『初音』は、馴染客で賑わっていた。

女将のおせいと娘のおさきは、いつにも増して明るく楽しげに仕事に励んでいた。

久蔵は、和馬と一緒に小料理屋『初音』を訪れた。

小料理屋『初音』の酒と料理は美味かった。

「成る程、美味い料理だな」

久蔵は感心した。

「はい。そりゃあもう……」

和馬は、己が誉められたかのように嬉しげに頷いた。

久蔵は、酒と料理を楽しんだ。

兵庫が、板場から店に出て来る事はなかった。

久蔵と和馬は、酒と料理を楽しんで小料理屋『初音』を出た。

女将のおせいは見送った。

「ありがとうございました」

「うむ。女将、美味い料理だった。板前は亭主か……」

「は、はい……」

おせいは頷いた。

大石家を出た兵庫は、板前として小料理屋『初音』の女将のおせいと所帯を持ったのだ。

久蔵は、微かな安堵を覚えた。

「そうか、宜しく伝えてくれ」

久蔵は笑った。

「ありがとうございます。あの、失礼にはございますが、御武家さまは……」

「秋山久蔵と申す者だ」

「うむ。じゃあな……」

久蔵は、和馬と共に昌平橋に向かった。

「お気を付けて……」

おせいは、深々と頭を下げて見送った。

久蔵は、小料理屋『初音』の板場で料理を作っている兵庫を思い浮かべた。

最早、飼殺しではない……。

久蔵は、大石兵庫が己の為に生き始めたのを祝った。

神田川は月明かりに美しく煌めき、その流れは爽やかな音を響かせていた。

本書の無断複写は著作権法上での例外を除き禁じられています。
また、私的使用以外のいかなる電子的複製行為も一切認められておりません。

文春文庫

秋山《あきやま》久蔵《きゅうぞう》御用《ごよう》控《ひかえ》
花《はな》見《み》酒《ざけ》

定価はカバーに表示してあります

2017年4月10日　第1刷

著　者　藤《ふじ》井《い》邦《くに》夫《お》
発行者　飯窪成幸
発行所　株式会社　文藝春秋

東京都千代田区紀尾井町 3-23　〒102-8008
TEL　03・3265・1211
文藝春秋ホームページ　http://www.bunshun.co.jp
落丁、乱丁本は、お手数ですが小社製作部宛お送り下さい。送料小社負担でお取替致します。

印刷製本・大日本印刷

Printed in Japan
ISBN978-4-16-790832-4

文春文庫　最新刊

ホリデー・イン　坂木司
大人気「ホリデー」シリーズのスピンオフ作品集登場

若冲　澤田瞳子
若冲の華麗な絵とその人生。大ベストセラー文庫化！

宇喜多の捨て嫁　木下昌輝
戦国一の梟雄・宇喜多直家を描く衝撃のデビュー作

春の庭　柴崎友香
堆積した時間と記憶が解き放たれる。芥川賞受賞作

離陸　絲山秋子
姿を消した〈女優〉を追って平凡な人生が動き出す

ギッちょん　山下澄人
「しんせかい」で芥川賞を受賞した著者の初期代表作

西川麻子は地球儀を回す。　青柳碧人
参考書編集者の麻子が、地理の知識で事件を解決する

紫のアリス〈新装版〉　柴田よしき
不倫が原因で退職した日、紗季は男の変死体を発見！

人生なんてわからぬことだらけで死んでしまう、それでいい。　悩むが花　伊集院静
読者の悩みに生きるヒント満載の回答を贈る人生相談

花見酒　秋山久蔵御用控　藤井邦夫
男が遠島から帰ると、恋仲の娘には新たな想い人が

偽小籐次　酔いどれ小籐次（十一）決定版　佐伯泰英
小籐次の名を騙り法外な値で研ぎ仕事をする男の正体は

愛憎の檻　獄医立花登手控え㈢　藤沢周平
新しい女囚人のしたたかさに、登は過去の事件を探る

人間の檻　獄医立花登手控え㈣　藤沢周平
子供をさらって殺した男の秘密とは？　シリーズ完結

鬼平犯科帳　決定版（八）（九）　池波正太郎
より読みやすい決定版「鬼平」、毎月二巻ずつ刊行中

マリコ、カンレキ！　林真理子
強行されたド派手な還暦パーティー。毒舌も健在です

極悪鳥になる夢を見る　貴志祐介
大人気作家の素顔が垣間見える初めてのエッセイ集

英語で読む百人一首　ピーター・J・マクミラン
日本人の誰もが親しんできた百人一首が美しい英語に

ゲド戦記　ジブリの教科書14　スタジオジブリ＋文春文庫編
宮崎吾朗初監督作品。父駿との葛藤など制作秘話満載